मजरूह सुल्तानपुरी

मजरूह सुल्तानपुरी का जन्म 1 अक्टूबर, 1919 को सुल्तानपुर, उत्तर प्रदेश में हुआ। वे हिन्दी फ़िल्मों के एक प्रसिद्ध गीतकार और प्रगतिशील आन्दोलन के सबसे बड़े शायरों में से एक थे। उन्हें 20वीं सदी के उर्दू साहित्य जगत के बेहतरीन शायरों में गिना जाता है। उन्होंने अपनी रचनाओं के ज़रिए देश, समाज और साहित्य को नई दिशा देने का काम किया।

मजरूह सुल्तानपुरी ने पचास से ज़्यादा सालों तक हिन्दी फ़िल्मों के लिए गीत लिखे। आज़ादी मिलने से दो साल पहले वे एक मुशायरे में हिस्सा लेने बम्बई गए थे और तब उस समय के मशहूर फ़िल्म-निर्माता कारदार ने उन्हें अपनी नई फ़िल्म 'शाहजहाँ' के लिए गीत लिखने का अवसर दिया। उनका चुनाव एक प्रतियोगिता के द्वारा किया गया था। इस फ़िल्म के गीत प्रसिद्ध गायक कुंदन लाल सहगल ने गाए थे। ये गीत थे—*ग़म दिए मुस्तक़िल* और *जब दिल ही टूट गया,* जो आज भी बहुत लोकप्रिय हैं। इनके संगीतकार नौशाद थे।

मजरूह सुल्तानपुरी ने जिन फ़िल्मों के लिए गीत लिखे, उनमें से कुछ के नाम हैं—'सी.आई.डी.', 'चलती का नाम गाड़ी', 'नौ-दो ग्यारह', 'तीसरी मंज़िल', 'पेइंग गेस्ट', 'काला पानी', 'तुम सा नहीं देखा', 'दिल देके देखो', 'दिल्ली का ठग', 'यादों की बारात', 'क़यामत से क़यामत तक' आदि। 1965 में उन्हें 'दोस्ती' फ़िल्म के गीत 'चाहूँगा मैं तुझे साँझ-सवेरे' के लिए 'फ़िल्मफेयर अवार्ड' और 1994 में फ़िल्म जगत के सर्वोच्च सम्मान 'दादा साहब फाल्के पुरस्कार' से सम्मानित किया गया। इससे पूर्व 1980 में उन्हें ग़ालिब एवार्ड और 1992 में 'इक़बाल एवार्ड' प्राप्त हुए थे।

निधन : 24 मई, 2000

विजय अकेला

विजय अकेला एक गीतकार हैं। 'कहो ना प्यार है' और 'कृश' में इनके लिखे गीत काफ़ी सराहे गए हैं।

विजय अकेला मुम्बई में रहते हैं और एफ़एम रेडियो जॉकी भी हैं। भारतवर्ष के अलावा इनकी आवाज़ खाड़ी-देशों में भी सुनने को मिलती है।

'निगाहों के साये' से पहले इन्होंने आनन्द बख़्शी के गीतों का संकलन 'मैं शायर बदनाम' भी तैयार किया था।

रहें न रहें हम महका करेंगे

मजरूह सुल्तानपुरी

सम्पादक

विजय अकेला

राजकमल पेपरबैक्स

राजकमल पेपरबैक्स में
पहला संस्करण : 2020
दूसरा संस्करण : 2023

राजकमल पेपरबैक्स : उत्कृष्ट साहित्य के जनसुलभ संस्करण

राजकमल प्रकाशन प्रा.लि.
1-बी, नेताजी सुभाष मार्ग, दरियागंज
नई दिल्ली-110 002
द्वारा प्रकाशित

शाखाएँ : अशोक राजपथ, साइंस कॉलेज के सामने, पटना-800 006
पहली मंजिल, दरबारी बिल्डिंग, महात्मा गांधी मार्ग, प्रयागराज-211 001

वेबसाइट : www.rajkamalprakashan.com
ई-मेल : info@rajkamalprakashan.com

यश प्रिंटोग्राफिक्स
नोएडा-201 301 (उत्तर प्रदेश)
द्वारा मुद्रित

मूल्य : ₹299

RAHEN NA RAHEN HUM MAHKA KARENGE
Geet by Majrooh Sultanpuri

ISBN : 978-93-89598-37-7

उन करोड़ों इंसानों के नाम
जिन्होंने मजरूह सुल्तानपुरी के नग़मों को
अपने होंटों पे सजाया
और अपने बाबूजी स्वर्गीय श्री देवनन्दन सिन्हा
के भी नाम

रहें न रहें हम महका करेंगे
बनके कली बनके सबा बाग़े-वफ़ा में

—मजरूह सुल्तानपुरी

क्रम

रहें न रहें हम महका करेंगे

मजरूह सुल्तानपुरी को मैं जानता हूँ। मैंने उनके गीत ख़ूब सुने हैं, शायरी ख़ूब पढ़ी है। उनसे मुलाक़ात भी हुई हैं तो कई तरह की बातें भी। मैंने उनका मुशायरा सुना है और एक दिन काँधा भी दिया है उनको। हाँ! मजरूह सुल्तानपुरी को मैं जानता हूँ।

एक बात और मैं बड़ी शिद्दत से जानता हूँ कि जो मजरूह को नहीं जानते वे भारतीय सिनेमा को भी नहीं जानते। टॉकीज़ शुरू हुई थीं 1931 में। गीत तो उससे पहले भी ख़ैर मूक फ़िल्मों के युग में परदे के पास बैठकर गाए ही जाते थे मगर मजरूह सुल्तानपुरी ने 1945 की अपनी पहली फ़िल्म 'शाहजहाँ' के अपने अद्वितीय गीतों के ज़रिए जो क़लम उठाई तो अपनी मौत तक यानी 2000 तक, 55 सालों तक बदस्तूर लिखते रहे। कभी कोई अन्तराल नहीं होने दिया। 362 फ़िल्मों के लिए कुल 2318 गीत लिखे।

मजरूह के पदार्पण से पहले भक्ति, देशभक्ति, मुहब्बत में आँसू बहाए जाने वाले और ज़िन्दगी को समझाए जानेवाले लोकगीतों का ही प्रचलन ज़्यादा था। मगर मजरूह के आते ही फ़िल्मी गीतों ने इनसे हर तरह के नाज़ उठवाने शुरू कर दिए—

हुस्ने जाना इधर आ
आईना हूँ मैं तेरा
मैं सँवारूँगा तुझे
सारे ग़म दे दे मुझे—

(साथी)

इस गीत में मजरूह असल में किसी माशूक़ा से नहीं अपनी शायरी ही से मुख़ातिब हैं। शायरी जैसी ख़ूबसूरत माशूक़ा के लिए उन्होंने बारहा ऐसी बातें कीं—

महबूब मेरे महबूब मेरे
तू है तो दुनिया कितनी हसीं है
जो तू नहीं तो कुछ भी नहीं है

(पत्थर के सनम)

मजरूह सुल्तानपुरी के पास शायरी की सारी अदाएँ थीं और वे इसके भोलेपन पे अक्सर ख़ुद ही रीझ-रीझ जाते थे। फिर हर मौज़ूँ पर जो ख़याल उभरता वह दूध की तरह सुफ़ैद और पानी की तरह निश्छल होता।

जो बात फ़िल्म तीन घंटे में समझाती है उसे दो ही लफ़्ज़ों में शायरी बग़ैर किसी ज़ोर-शोर के बड़ी आहिस्तगी से कह जाती है। अब फ़िल्म 'दोस्ती' की ही मिसाल लीजिए, या तो आप तीन घंटे की इस फ़िल्म को देखिए या पूरी फ़िल्म की कशमकश को समाए मजरूह के इस तीन मिनट के गीत को ही सुन लीजिए, पूरी फ़िल्म समझ में आ जाएगी—

इस अनोखे जगत की मैं तक़दीर हूँ
मैं विधाता के हाथों की तस्वीर हूँ
इस जहाँ के लिए धरती माँ के लिए
शिव का वरदान हूँ मैं तुम्हारी तरह

(दोस्ती)

सच ये गीत, ये नग़मे या ये शायरी ही तो वो सहारा होती हैं जो किसी भी सिनेमा को भारतीय सिनेमा बनाती हैं। भारतीय सिनेमा के जनक दादा साहेब फाल्के से लेकर आज तक की हमारी फ़िल्म मेकिंग की सारी तकनीक—साउंड, ऐडिटिंग, सिनेमाटोग्राफ़ी, मिक्सिंग, डांस, म्यूज़िक, ऐक्टिंग वग़ैरह सब हॉलीवुड ही से इंपोर्ट की जाती हैं और जब ये सारी बेईमानियाँ और नक़ल अन्दर भर दी जाती हैं तब फ़िल्म को शायरी का एक ईमानदाराना भारतीय लिबास पहनाया जाता है। फिर दर्शकों के सामने उसे पेश कर दिया जाता है।

एक फ़िल्ममेकर शायर को कम पैसे और कम मान ज़रूर दे सकता है मगर बग़ैर गानों के फ़िल्म की कल्पना तक नहीं कर सकता। गाने अगर फ़िल्म की प्राणवायु न होते और बग़ैर फ़िल्मों के भी उनका अस्तित्व अगर न होता तो कैसेट किंग के नाम से मशहूर गुलशन कुमार ने यूँ ही बिना फ़िल्म, बिना कहानी और बिना स्टार्ज़ के मजरूह साहब के 10-12 गीतों का एक अलबम न तैयार कर लिया होता और, उसका नाम भी मजरूह ही के एक गीत पर न धर दिया होता—'लाल दुपट्टा मलमल का।'

और जब यह अलबम सुपरहिट होता है तब उस पर एक फ़िल्म बनाई जाती है उसी नाम से—'लाल दुपट्टा मलमल का'। लोग फ़िल्म देखने भी जाते हैं। गाने सुनने के लिए। ऐसे उदाहरणों की भरमार है।

सच अगर शायरी ने मजरूह से इश्क़ न किया होता तो वे इस अमर एहसास को कैसे कलमबंद कर पाते—

रहें न रहें हम महका करेंगे
बनके कली बनके सबा बाग़े वफ़ा में
मौसम कोई हो इस चमन में
रंग बनके रहेंगे हम ख़िरामाँ
चाहत की ख़ुशबू यूँ ही ज़ुल्फ़ों
से उड़ेगी ख़िज़ाँ हो या बहाराँ
यूँ ही झूमते और खिलते रहेंगे
बनके कली बनके सबा बाग़े वफ़ा में
रहें न रहें हम महका करेंगे...

(ममता)

'ममता' फ़िल्म पूरी तरह से अपने गीतों की बदौलत मजरूहमय हो गई थी। महक उठी थी। लोग बार-बार इस फ़िल्म को देखने जाने लगे। सिनेमा हॉल के अन्दर 'ममता' के गीत हर मौसम को 'बहारों का मौसम' बना देते। रेकाईज़ की बिक्री करने वाली एकमात्र एचएमवी कम्पनी सहसा करोड़ों में खेलने लगी और ऑल इंडिया रेडियो को विवश होना पड़ा कि वह फ़िल्म गीतों के साहित्य से आँखें न चुराए और एक पूरी की पूरी ही नई फ्रीक्वेंसी खोले उनके लिए जो इन गीतों के शैदाई हैं, जिनका एकमात्र मज़हब गीत है। विविधभारती इसी सोच की देन थी। रेडियो सिलोन भी उसी ज़माने को तो कैश करने में लगा था जो ज़माना मजरूह का था।

अदबी दुनिया मजरूह को ग़ज़ल का शायर मानती है। वैसे तो मजरूह तरक़्क़ीपसन्द शायरों की पहली जमात में थे और इन्हें छोड़ सभी—मजाज़, जाँ निसार अख़्तर, सरदार जाफ़री, साहिर लुधियानवी और कैफ़ी आज़मी ने यह मान ही लिया था कि ग़ज़ल असल में माशूक़ से गुफ़्तगू की ज़बान है सो इस ज़बान में समाज से अपना हक़ छीनने और उसे बदलने की बात नहीं की जा सकती। इसके लिए तो नज़्म और नस्र का सहारा लेना ही पड़ेगा। मगर मजरूह ने उनकी एक न मानी। यही माना कि शायरी की सबसे उम्दा शैली यानि ग़ज़ल के ज़रिए भी क्रांति का बिगुल बख़ूबी बजाया जा सकता है। तो क्या हुआ अगरचे ग़ज़लों में रम्ज़ो कनाया (राज़ और संकेत) की भरमार है? और आख़िरकार अपनी बात मनवाई। बाद में तो फ़ैज़ अहमद फ़ैज़ ने भी ग़ज़लों के ज़रिए ही तरक्क़ीपसन्द आन्दोलन को आगे बढ़ाया। मगर यह जरूर है कि अपनी इस जंग में बहुत अकेले हो गए थे मजरूह—

मैं अकेला ही चला था जानिबे मंज़िल मगर,
लोग साथ आते गए और कारवाँ बनता गया।

सवाल यही है कि तरक्क़ीपसन्द यारों-दोस्तों का आख़िर वो कौन सा ख़ौफ़ था

मजरूह को कि जिस ग़ज़ल के वे इतने हिमायती थे उस विधा में सिर्फ़ 50 ग़ज़लें ही कहीं पूरे जीवन में। कहते हैं ख़ुद ही लिख-लिख के नष्ट कर देते थे उन्हें। नज़्म व नस्र ख़ैर काफ़ी लिखे। उनके साथी शायरों, चाहे वो कैफ़ी हों कि साहिर या सरदार सभी ने अख़बारों में राजनैतिक विषयों पर जो लेख या काव्य लिखा वो अपने नाम से। पर मजरूह ने 'तमाशाई' के छद्म नाम से। आख़िर क्यूँ? जबकि इस तमाशाई का तमाशा कमाल का था—

आज़ाद ग़ज़ल

कालक से जहालत की क्या शे'र लिखा ज़ालिम
यह कहके जो मुल्ला ने पंडित की जबीं चूमी
पंडित ने कहा हज़रत यह दौर है जिद्दत का
अब तर्ज़ बदल डालें इक़बाल हों या रूमी
आज़ाद हैं हम फैशन आज़ाद ग़ज़ल का है
है क़ाफ़िया मस्जिद का अब राम जनम भूमी

इक़बाल की ज़मीन 'निगाहे मर्दे मोमिन से बदल जाती हैं तक़दीरें' पर लिखा—

डोनेशन

वो है इक सदरे कॉलेज उम्र होगी कोई चालीस की
बदलती रहती हैं हर साल जो बच्चों की तक़दीरें
वहीं दाख़िल कराने ले गया मैं अपनी दुख़्तर को
सनद के साथ थीं चन्द और भी माक़ूल तहरीरें
वो बोलीं दाख़िला मुमकिन नहीं है बे डोनेशन के
कहा मैंने कि ये तो हैं नई रिश्वत की तदबीरें
ढिठाई से ये फ़रमाया कि रिश्वत इसको कहते हैं
किया करते हैं इस चन्दे से हम कॉलेज की तामीरें
बड़ी हैरत से तकता रह गया मैं उनके चेहरे को
बिगड़ती जा रही थीं सब मेरे अरमाँ की तस्वीरें
उन्हें तकता रहा यूँ ही तो जाने क्या समझ बैठीं
कि उलटी पड़ गईं हसरत भरी नज़रों की तासीरें
कहा उठकर बड़े ही बदनज़र हो तुम निकल जाओ
पुलिस ले जाएगी वरना तुम्हें पहना के ज़ंजीरें
समझ में आ गया उस दिन ये क़ौले शायरे मशरिक
निगाहे मर्द मोमिन से बदल जाती हैं तक़दीरें

मजरूह की बेगम फ़िरदौस सुल्तानपुरी कहती थीं, 'आख़िरी दिनों में अनु मलिक ने कई फ़िल्मों के लिए इनके लिखे गीतों में ख़ूब जोड़-तोड़ की। इस वजह से मजरूह अनु मलिक को पसन्द नहीं करते थे।' कहा जाता है एक फ़िल्म 'जानम समझा करो' में मजरूह के गीतों को फ़िल्म के संगीतकार अनु मलिक ने ख़ूब बिगाड़ा मगर वो इसीलिए चुप रहे क्योंकि उस फ़िल्म के ज़रिए उनके बेटे अन्दलीब को निर्देशन का मौक़ा मिला था।

मजरूह की पोशाक शेरवानी हुआ करती थी या झक सुफ़ैद कुरता-पायजामा। वह वही पहनते जो एक तहज़ीबयाफ़्ता इंसान पहनता है। पता नहीं क्यूँ जब-जब मैं उनसे मिलता मेरे ज़ेहन में यही विचार घर करते कि इसी तरह के तो दिखते होंगे मीरो-ग़ालिब? कुछ ऐसा ही मिज़ाज तो रखते होंगे जोशो-फ़िराक़?

ख़ूबसूरती के गहरे क़ायल थे मजरूह। उनके बारे में मशहूर लेखक प्रकाश पंडित मरहूम ने कोई 50-51 साल पहले कहा था, 'आधुनिक उर्दू ग़ज़ल का यह क्रान्तिकारी शायर जो अपने साधारण जीवन में बड़ा सौन्दर्यप्रेमी है, कभी भद्दे वस्त्र नहीं पहनता, कभी भद्दा खाना नहीं खाता, भद्दे मकान में नहीं रहता, भद्दी पुस्तकें नहीं रखना, भद्दी बातें नहीं करता और इसलिए बहुत कम भद्दे शे'र कहता है।'

ख़ैर बात 97-98 की है। विक्रम भट्ट उन दिनों 'ग़ुलाम' बना रहे थे जिसमें पहले मजरूह साहब गीत लिख रहे थे। पहला ही गीत जो रिकॉर्ड होना था एक 'क्लब साँग' था और जिसे एक 'फ़ीमेल डांसर' पर 'पिक्चराइज़' होना था। मजरूह जो भी लिखते उस पर विक्रम भट्ट का जवाब होता—'कुछ मज़ा नहीं आया, कुछ मज़ा नहीं आया।' मजरूह ने ग़ुस्से में आते हुए कलाकारों और टीम के सामने ही विक्रम भट्ट को सुना दिया, 'मज़ा कैसे आएगा? तुमने इस ज़बान को रटा कहाँ है जो मज़ा आएगा? जाओ पहले रट्टा मारो फिर मेरे गीत का 'जजमेंट' करना। न तो तुमने ये ज़बान पढ़ी है, न इस ज़बान में तुम सोचते हो, न ही इस ज़बान में तुम बोलते हो।'

जो भी हो। फ़िल्म जगत का शायद ही कोई ऐसा शायर हो जिसे ये सौभाग्य प्राप्त हुआ हो कि उसकी ग़ज़ल मक़ते (ग़ज़ल का आख़िरी शे'र जिसमें शायर का नाम भी आता है) के साथ गायी जाए। मजरूह को यह सौभाग्य प्राप्त है। मतला—

हम हैं मताए कूचाओ बाज़ार की तरह।
उठती है हर निगाह ख़रीदार की तरह।

मक़ता—

मजरूह लिख रहे हैं वो अहले वफ़ा का नाम,
हम भी खड़े हुए हैं गुनहगार की तरह।

(दस्तक)

बाज़ार में बिकने की शै बने रहने का उन्हें कोई शौक़ नहीं था, जहाँ क़ीमत देकर कोई भी आपके एहसासों की तिजारत कर ले। मगर अपने परिवार की ज़रूरतों को पूरा करने के लिए उन्हें उम्र भर ये ज़रूर करना पड़ा।

मुझे अच्छी तरह याद है जब 1994 में मैं पहली दफ़ा एक ख़ास मौक़े पर मजरूह साहब के यहाँ 'जी स्टार' पत्रिका के लिए उनका इंटरव्यू करने उनके बांद्रा वाले आवास पर गया था जो रिज़वी कॉलेज के सामने है। वह रविवार की शाम थी। चूँकि दीवानख़ाने में और भी लोग थे सो हम डॉयनिंग टेबल ही पर बैठकर बातचीत करने लगे कि अचानक हमारी बातचीत उनके यहाँ आए एक परिवार की विदाई की वजह से बाधित हो गई। वो परिवार मजरूह के घर का एक हिस्सा ख़रीदने हेतु देखने आया था। जाते-जाते एक साहब ने कहा, 'मिस्टर सुल्तानपुरी! यू आर इन द हेडलाइंज़ टुडे' और मजरूह ने जवाब दिया, 'जी हाँ! आज मुझे दादा साहेब फाल्के अवार्ड दिए जाने की घोषणा की गई है।'

दादा साहेब फाल्के अवार्ड पाकर मजरूह ज़्यादा ख़ुश इसलिए थे कि चलो आख़िरकार सिनेमा के राइटिंग विभाग को यानी क़लम को इज़्ज़त और सम्मान तो मिला। फ़ारसी का एक मशहूर शे'र है—

क़लम गोयद के मन शाहे जहानम
क़लम कश रा बदौलत मी रसानम

इस शे'र को आधार मानकर 'क़लम' नाम की एक लम्बी नज़्म भी लिखी थी मजरूह ने। उसमें से कुछ मिसरे पेशे ख़िदमत हैं—

क़लम

ये साज़े अव्वली दस्ते अज़ल का
ये कातिब इश्क़ की पहली ग़ज़ल का
निगारे इल्म का पहला ये महरम
क़लम गोयद के मन शाहे जहानम
ये इंसाँ जो अमीरे बहरो बर है
क़लम ले लो तो पल में जानवर है
किसी वन में कहीं करता फिरे रम
क़लम गोयद के मन शाहे जहानम...

मजरूह सुल्तानपुरी से मेरी कई मुलाक़ातें हुई थीं। एक वाक़या यूँ है कि एक दिन फ़ोन पर उनसे समय लेकर 11 बजे सुबह जब मैं उनके दौलतख़ाने पर हाज़िर हुआ तो एक साहब ने, जो उनके यहाँ मेहमानों की ख़िदमत के लिए नियुक्त थे और सम्भवत: सुल्तानपुर ही के थे, मुझे दीवानख़ाने में बिठाते हुए पूछा कि क्या मैं चाय

पीऊँगा। मैंने मना करते हुए कहा दिया, 'जी नहीं।' कोई दस मिनट बाद मजरूह साहब आए और आते ही मेरे साथ इंटरव्यू में मसरूफ़ हो गए। फिर थोड़ी देर बाद मुझसे पूछा, 'चाय पीयेंगे न?' मैं कुछ बोलूँ उसके पहले ही उन्होंने उन हज़रत को डाँटते हुए बोला, 'आपने अभी तक इनको चाय भी नहीं पिलाई?' वो साहब बोले, 'साहब इनसे पूछा गया था। इन्होंने मना कर दिया था।' मैंने कहा, 'सही कह रहे हैं ये।' मगर मजरूह जो अब तक घायल (मजरूह) हो चुके थे गुस्से से उनसे बोले, 'अब आते ही क्या चाय पीने लगेंगे? चाय पीने थोड़े आए हैं।'

तो ये भी एक रंग था मजरूह का। एक और ढंग देखिए। एक दफ़ा और मैं इंटरव्यू ही के लिए उनके यहाँ नियत समय शाम 5 की जगह शाम 6 बजे पहुँचा। मेरे साथ मुम्बई विश्वविद्यालय के शायराना मिज़ाज वाले कुछ छात्र-छात्राएँ भी थे जो मजरूह के प्रशंसक भी थे और जो इसी इंटरव्यू के बहाने मजरूह से मिल भी लेना चाहते थे। मगर मजरूह साहब ने मेरी लेटलतीफ़ी की ख़ासी ख़बर लेते हुए कहा, 'आप घंटा-भर लेट हैं। ये वक़्त तो मेरी ईवनिंग वॉक का है।' हम फिर कभी मिलने की कामना करते लौट गए।

मगर वक़्त ने मजरूह से फिर मिलने का मौक़ा मेरी ज़िन्दगी को, इस घटना के कुछ ही दिनों बाद तब दिया जब वक़्त उनके जनाज़े का था। बांद्रा के उनके घर से सांताक्रुज क़ब्रिस्तान तक भीगी आँखों के साथ काफ़ी बातें हुईं मेरी उनसे।

मजरूह के मन में वही होता जो उनकी ज़ुबाँ पर होता। एक बार मुम्बई विद्यापीठ के उर्दू के एक प्रोफ़ेसर ने 6 दिसम्बर 1992 (बाबरी मस्जिद के ढहाए जाने का दिन) की घटना को आधार मानकर एक किताब लिखी और मजरूह को उसके विमोचन के लिए मुख्य अतिथि बना लाए। मगर मजरूह ने उस बज़्म में संकुचित विचारों का दायरा तोड़ते हुए बोला था, 'मुझे आपकी यह किताब पसन्द नहीं आई। यह किस विषय को आप भुना रहे हैं?'

मजरूह कहते थे, 'अंग्रेज़ तो गए मगर फिर भी कहाँ गए? अपनी भाषा, अपनी पोशाक, अपना तौर-तरीक़ा सब हमपे ऐसे लाद गए और लादते जा रहे हैं कि उन्हें अब शारीरिक रूप से हमारे यहाँ आकर राज करने की कोई ज़रूरत नहीं है। वे तो अपने उद्देश्य में सफल हैं। वहीं से। बाहर ही से।'

मजरूह सुल्तानपुरी को बड़ा गर्व और गुमान था कि उन्होंने 'दिलबर', 'दिलरुबा', 'वल्लाह' 'ख़ादिम', जैसे कई लफ़्ज़ फ़िल्मी गीतों में पहलेपहल इस्तेमाल किए। इस बात का ज़िक्र वो अक्सर अपनी गुफ़्तगू में करते भी रहते थे। वो यह भी कहते थे कि इल्म और फ़िल्म में बँटे रहने की वजह से मैं फ़िल्मों में आनन्द बख़्शी-सा वॉल्यूम नहीं दे सका।

मजरूह सुल्तानपुरी का एक नक़्शा मशहूर शायर निदा फ़ाज़ली भी खींचते हैं। कहते हैं, 'मेहदी हसन जब पहली बार बम्बई आए थे तो तोहफ़े की तरह हर बड़े

फ़िल्मी घर में बुलाए गए थे। उन दिनों की महशूर फ़िल्म लेखक जोड़ी सलीम-जावेद ने भी उनके सम्मान में महफ़िल सजाई थी। सागर का किनारा, शराब का हुकारा और श्रोताओं के रूप में फ़िल्मी हस्तियों का नज़ारा—इन सबने मिलकर जब उनके दिमाग़ को करंट मारा तो वे कुछ बोलना चाह रहे थे और मुँह से जो लफ़्ज़ निकल रहे थे, वे कुछ और कह रहे थे। वे अपनी रौ में कह रहे थे—'मीरो-ग़ालिब को कौन जानता था, इन्हें संसार मेरी आवाज़ से पहचानता है। फिर उन्होंने अपनी आवाज़ में मीर की मशहूर ग़ज़ल छेड़ी—

देख तो दिल कि जाँ से उठता है,
ये धुआँ सा कहाँ से उठता है।

अभी वह शे'र में शामिल शब्द 'धुआँ' की अदायगी में अपनी गायकी का जादू दिखा ही रहे थे कि एक कोने से मुँह में पान की घुलती गिलौरी से निकलती एक तेज़ आवाज़ गूँजी। इस आवाज़ में ग़ज़ल की उमंग भी थी, तम्बाकू की तरंग भी थी और पठानी जंग भी थी। यह आवाज़ थी शायर व गीतकार मजरूह सुल्तानपुरी की। सारी महफ़िल उस आवाज़ की तरफ़ मुड़ गई। उस आवाज़ के शब्द थे—'बन्द करो इस मीरासी (मुसलमानों की एक ज़ात विशेष जो गाने-बजाने का काम करती है) को जो मीर व ग़ालिब की बेइज़्ज़ती करने की हिम्मत करता है। उसे उन्हें गाने का हक़ नहीं। एक-दो नहीं, सैकड़ों गवैये आएँगे, चले जाएँगे मगर अज़ीम शायरों के लफ़्ज़ हमेशा दोहराए जाएँगे।'

मजरूह सुल्तानपुरी वर्ष 2010 के उस कॉपीराइट अमेंडमेंट की बैठक में सहसा प्रासंगिक हो गए जहाँ मानव संसाधन मंत्री कपिल सिब्बल के सामने प्रोड्यूसर की तरफ़ से रॉयल्टी बँटवारे के मुद्दे पर आमिर ख़ान ने कहा कि 'मुझे नहीं लगता कि एक फ़िल्म की सफलता में गीतकारों का भी कोई योगदान होता है। फ़िल्म हिट होती है तो गाने और गीतकार हिट होते हैं। एक हिट ऐक्टर ही गाने और गीतकार को हिट करवाते हैं। सो गीतकारों को रॉयल्टी का कुछ ख़ास हिस्सा नहीं बनता।' महफ़िल में फ़िल्म गीतकारों का पक्ष लेने गए जावेद अख़्तर की भी शिरकत थी। उन्होंने आमिर ख़ान से पूछा, 'आपकी पहली फ़िल्म 'क़यामत से क़यामत तक' थी जिसमें मजरूह सुल्तानपुरी गीतकार थे। उस वक़्त आप नए थे, हिट भी नहीं थे। तो आपने उनको बनाया 'पापा कहते हैं बड़ा नाम करेगा...' के ज़रिए कि उन्होंने आपको बनाया?' कहते हैं महफ़िल की ख़ामोशी ने कई राज़ के परदे एक साथ उठा दिए।

आइए अब वो सारी बातें भी दोहरा दी जाएँ जो मजरूह को जाननेवालों को जाननी चाहिए। जैसे मजरूह, जिसका मतलब घायल होता है, तख़ल्लुस था उन असरार

अहमद खाँ का जो सुल्तानपुर के रहने वाले थे, और जो पहली अक्टूबर 1919 को उत्तर प्रदेश के निज़ामाबाद में पैदा हुए थे। मजरूह के पिता मुहम्मद हुसैन ख़ान एक पुलिस कांस्टेबल थे और मुलाज़मत के दौरान आज़मगढ़ में रहे। वहीं आज़मगढ़ में मजरूह की इब्तिदाई तालीम उर्दू, फ़ारसी और अरबी में हुई। 1930 में मजरूह आज़मगढ़ से क़स्बा टांडा ज़िला फ़ैज़ाबाद आए और वहाँ अरबी दर्स निज़ामिया की तकमील करनी चाही लेकिन कर नहीं सके। फिर उन्होंने और इलाहाबाद यूनिवर्सिटी के अरबी इम्तहानों 'मौलवी', 'आलिम', 'फ़ाज़िल' की फ़िक्र की कि इस ज़रिए से किसी स्कूल में टीचरी मिल सकेगी। लेकिन 'आलिम' पढ़कर उसे भी छोड़ दिया और चिकित्साशास्त्र पढ़ने के लिए लखनऊ आए और अरबी में यह पढ़ाई पूरी की। और हकीमी भी शुरू कर ही दी थी कि संयोग से शायर बन गए।

वो ज़माना 1938-39-40 का था। सुल्तानपुर उस ज़माने में अदब में ख़ासा दख़ल रखता था। मजरूह भी अदब के बहकावे में आ गए। शे'र कहने लगे। मुशायरा पढ़ने लगे। और एक रोज़ 1941 में जिगर मुरादाबादी की नज़र में आ गए। अब जिगर इस जवाँ शायर, जिसका तरन्नुम कमाल का था, को कई मुशायरों में ले जाने लगे। मुम्बई भी ले गए। यह 1945 का साल था। मजरूह ने वहाँ पढ़ा—

शबे इन्तिज़ार की कश्मकश में न पूछ कैसे सहर हुई,
कभी इक चिराग़ बुझा दिया कभी इक चिराग़ जला दिया।

कारदार प्रोडक्शंज, मुम्बई के ए. आर. कारदार वहीं थे जो ख़ुमार बाराबंकवी को अपनी तत्कालीन फ़िल्म 'शाहजहाँ' में बतौर शायर ले भी चुके थे। दो गीत उनसे लिखवाए और चार मजरूह से—

मेरी सपनों की रानी
रूही रूही रूही रूही

(शाहजहाँ)

ग़म दिए मुस्तक़िल
कितना नाज़ुक है दिल

(शाहजहाँ)

कर लीजिए चलकर मेरी जन्नत के नज़ारे

(शाहजहाँ)

जब दिल ही टूट गया
हम जी के क्या करेंगे

(शाहजहाँ)

यही थे वो चारों गीत मजरूह की पहली फ़िल्म 'शाहजहाँ' के जिसके साथ

वे सुल्तानपुर को छोड़ मुम्बई के होके रह गए। आज तो ख़ैर पूरी दुनिया के हैं।

1945 ही में उन्होंने तरक़्क़ीपसन्द तहरीक ज्वाइन की थी जिससे उनके दो उस्ताद एक जिगर और दूसरे रशीद अहमद सिद्दीक़ी थोड़े नाराज़ हो गए थे कि 'यह तहरीक हमारी क्लासिकल विरासत को अगर महत्त्व न देगी, नज़रअन्दाज़ करेगी तो मजरूह की शायरी पर इसका बुरा ही असर पड़ेगा।'

मजरूह फिर भी नए अन्दाज़ के साथ मुस्तिक़ल पैराए में भी शायरी के ज़रिए मुसव्विरी करते रहे और शायरी, सिनेमा और साहित्य को बुलंदियों पर पहुँचाया किए—

मुझे सहल हो गईं मंज़िलें वो हवा के रुख़ भी बदल गए।
तेरा हाथ हाथ में आ गया कि चिराग़ राह में जल गए।

मजरूह के परिवार में उनकी पत्नी फ़िरदौस के अलावा दो बेटे और तीन बेटियाँ हैं। अन्दलीब एक फ़िल्ममेकर हैं जिन्होंने 'जानम समझा करो' फ़िल्म बनाई थी। उनका एक बेटा इरम 1993 में गुज़र गया था जिससे गहरे सदमे में आ गए थे मजरूह। फिर अगले साल 1994 में जब आर.डी. बर्मन गुज़रे जिन्हें मजरूह अपना बेटा ही समझते थे, तब एकदम टूट से गए थे मजरूह। 'सदमे का असर मेरी याददाश्त पर ऐसा हुआ कि मैं अपने ही कलाम को देख-देखकर पढ़ने लगा,' कहा था मजरूह ने। उनकी बेटियों के नाम हैं—नौगुल, नौबहार और सबा। सबा नौशाद साहब की बहू हैं।

मजरूह साहब को ताश खेलने का उसी हद तक शौक़ था जिस हद तक क्रिकेट मैच और हॉकी मैच देखने का। किताबें ख़ूब पढ़ते थे।

शायरी को वह सूफ़ियाना काम मानते थे। यह भी कहते थे कि इससे कमाई नहीं की जा सकती। अगर जिगर मुरादाबादी ने कारदार से मजरूह को मिलवाया था तो मजरूह ने भी नज़ीर बनारसी और मुहम्मद अली ताज को कुछ निर्माताओं से मिलवाया।

हज़रत 'आसी' से अपनी दो ग़ज़लों पर इस्लाह लेकर फिर ज़िन्दगी भर फ़िल्मों को अपने जमाल से सँवारते रहे मजरूह, नाज़ उठाते रहे मजरूह और कहते रहे—'कहाँ लिख पाया फ़िल्मों में वो सब जो लिखना था मुझे।' मजरूह कहते थे अपनी माशूक़ा यानी शायरी से—

तू कहे अगर
जीवन भर
मैं गीत सुनाता जाऊँ
मन-बीन बजाता जाऊँ
तू कहे अगर—

(अन्दाज़)

और अब आख़िर में यही कि 'इसको मिटाना उसको बनाना इस नगरी की रीत रे' वाले शहर मुम्बई ने भी मजरूह को मिटा पाने में अपनी असमर्थता ज़ाहिर की। वे हमेशा कामयाब रहे और रहेंगे।

यह किताब मैंने मजरूह साहब के करोड़ों प्रशंसकों के साथ-साथ अपने बाबूजी श्री देवनन्दन सिन्हा (स्वर्गीय) के नाम भी की है जिनकी सूरत और जिनका मिज़ाज मजरूह साहब से बहुत मिलता-जुलता था। मगर वो शायर नहीं इंजीनियर थे।

राजकमल प्रकाशन को मजरूह सुल्तानपुरी के फ़िल्म-गीतों की, पहली-पहली किताब को छापने के लिए ख़ासी बधाई।

यह वर्ष मजरूह की सौंवी सालगिरह का वर्ष है। वर्ष 2013 में भारत सरकार ने मजरूह सुल्तानपुरी की क़ीमत समझते हुए उन पर डाक टिकट निकाला था। भारत सरकार को भी बधाई।

तो क़बूल फ़रमाइए मजरूह सुल्तानपुरी साहब के 151 चुनिन्दा फ़िल्मी गीतों का गुलदस्ता, 'रहें न रहें हम महका करेंगे'। लुत्फ़ उठाइए और ख़ामियों की तरफ़ भी इशारा कीजिए, पाठको।

मुम्बई

—विजय अकेला

दीवाली 2019

ग़म दिए मुस्तक़िल

शाहजहाँ [1946]

ग़म दिए मुस्तक़िल
कितना नाज़ुक है दिल ये न जाना
हाय-हाय ये ज़ालिम ज़माना—

दे उठे दाग़ लौ
उनसे अय माहे नौ कह सुनाना
हाय-हाय ये ज़ालिम ज़माना—

दिल के हाथों से दामन छुड़ाकर
ग़म की नज़रों से नज़रें बचाकर
उठके वो चल दिए
कहते ही रह गए हम फ़साना
हाय-हाय ये ज़ालिम ज़माना—

कोई मेरी ये रूदाद देखे
ये मुहब्बत की बेदाद देखे
फुँक रहा है जिगर
पड़ रहा है मगर मुस्कराना
हाय-हाय ये ज़ालिम ज़माना—

कर लीजिए चलकर मेरी जन्नत के नज़ारे

शाहजहाँ [1946]

कर लीजिए चलकर मेरी जन्नत के नज़ारे
जन्नत ये बनाई है मोहब्बत के सहारे—

फूलों से लिया रंग सितारों से उजाला
हर चीज़ को एक नूर के साँचे में है ढाला
इस ख़्वाब की बस्ती का फ़लक है न ज़मीं है
इस हुस्न की दुनिया की हर इक चीज़ हसीं है
रौशन है फ़िज़ा और नहीं चाँद-सितारे
जन्नत ये बनाई है मोहब्बत के सहारे—

गाती है ख़ुशी नग़मे तो हँसता है वहाँ ग़म
कलियों की हँसी देखके रोती नहीं शबनम
फ़ितरत की ज़बाँ पर कहीं मस्ती का फ़साना
छेड़ा है ख़मोशी ने भी पुरकैफ़ तराना
कुछ सोये तो कुछ जागे हुए मस्त नज़ारे
जन्नत ये बनाई है मोहब्बत के सहारे—

अठखेलियाँ करती हुई चलती हैं हवाएँ
नग़मों की है बरसात तो ज़ुल्फ़ों की घटाएँ
रंगीन हुई और भी जन्नत की कहानी
वो देखिए झूले पै रूही की जवानी
बेताब किए देते हैं मासूम इशारे
जन्नत ये बनाई है मोहब्बत के सहारे—

जब दिल ही टूट गया

शाहजहाँ [1946]

जब दिल ही टूट गया
हम जी के क्या करेंगे—

उल्फ़त का दीया हमने
इस दिल में जलाया था
उम्मीद के फूलों से
इस घर को सजाया था
एक भेदी लूट गया
हम जी के क्या करेंगे
जब दिल ही टूट गया
हम जी के क्या करेंगे—

मालूम ना था इतनी
मुश्किल हैं मेरी राहें
अरमाँ के बहे आँसू
हसरत ने भरी आहें
हर साथी छूट गया
हम जी के क्या करेंगे
जब दिल ही टूट गया
हम जी के क्या करेंगे—

मेरे सपनों की रानी

शाहजहाँ [1946]

मेरे सपनों की रानी
रूही रूही रूही
रूही रूही रूही
मेरे सपनों की रानी—

आँखें नींदों के ख़ज़ाने हैं
दो उल्फ़त के पैमाने हैं
दिल तेरा शोख़ जवानी
सपनों की रानी
मेरे सपनों की रानी—

माथे पे चाँद उतर आए
होंटों पे भँवरा मँडलाए
मुखड़ा फूलों की कहानी
सपनों की रानी
मेरे सपनों की रानी—

साँचे में ढली है हर दिल के
पलटें ना निगाहें फिर मिल के
पत्थर का जिगर हो पानी
सपनों की रानी
मेरे सपनों की रानी—

चुप हो तो उदासी डसती है
हँस दे तो ख़ुदाई हँसती है
बोले तो फ़िज़ा नूरानी
सपनों की रानी
मेरे सपनों की रानी—

झूम-झूम के नाचो आज गाओ ख़ुशी के गीत हो

अन्दाज़ [1949]

झूम-झूम के नाचो आज गाओ ख़ुशी के गीत हो
गाओ ख़ुशी के गीत—
आज किसी की हार हुई है आज किसी की जीत हो
गाओ ख़ुशी के गीत—

कोई किसी की आँख का तारा
जीवन-साथी साजन प्यारा
और कोई तक़दीर का मारा
ढूँढ़ रहा है दिल का सहारा
किसी को दिल का दर्द मिला है किसी को मन का मीत हो
गाओ ख़ुशी के गीत—

देखो तो कितना ख़ुश है ज़माना
दिल में उमंगें लब पे तराना
दिल जो दुखे आँसू न बहाना
ये तो यहाँ का ढंग पुराना
इसको मिटाना उसको बनाना इस नगरी की रीत हो
गाओ ख़ुशी के गीत—

उठाये जा उनके सितम और जिए जा

अन्दाज़ [1949]

उठाये जा उनके सितम और जिए जा
यूँ ही मुस्कुराए जा आँसू पिए जा
उठाये जा उनके सितम—

यही है मुहब्बत का दस्तूर अय दिल
वो ग़म दे तुझे तू दुआएँ दिए जा
उठाये जा उनके सितम—

कभी वो नज़र जो समाई थी दिल में
उसी इक नज़र का सहारा लिये जा
उठाये जा उनके सितम—

सताए ज़माना सितम ढाए दुनिया
मगर तू किसी की तमन्ना किए जा
उठाये जा उनके सितम—

तू कहे अगर जीवन भर

अन्दाज़ [1949]

तू कहे अगर जीवन भर
मैं गीत सुनाता जाऊँ
मन-बीन बजाता जाऊँ
तू कहे अगर—

और आग मैं अपने दिल की
हर दिल में लगाता जाऊँ
दुख-दर्द मिटाता जाऊँ
तू कहे अगर—

मैं साज़ हूँ तू सरगम है
देती जा सहारे मुझको
मैं राग हूँ तू वीणा है
जिस दम तू पुकारे मुझको
आवाज़ में तेरी हरदम
आवाज़ मिलाता जाऊँ
आकाश पे छाता जाऊँ
तू कहे अगर—

इन बोलों में तू ही तू है
मैं समझूँ या तू जाने
इनमें है कहानी मेरी
इनमें हैं तेरे अफ़साने
तू साज़ उठा उल्फ़त का
मैं झूम के गाता जाऊँ
सपनों को जगाता जाऊँ
तू कहे अगर—

हम आज कहीं दिल खो बैठे

अन्दाज़ [1949]

हम आज कहीं दिल खो बैठे
हम आज कहीं
यूँ समझो किसी के हो बैठे
हम आज कहीं—

हरदम जो कोई पास आने लगा
भेद उल्फ़त के समझाने लगा
नज़रों से नज़र का टकराना
था दिल के लिए एक अफ़साना
हम हाथों को दिल से खो बैठे
यूँ समझो किसी के हो बैठे
हम आज कहीं—

आँखों में समाया कोई मगर
कौन आया किसी को क्या ये ख़बर
पूछो तो यही है उसका पता
चंचल नयना और शोख़ अदा
हम दिल की नइया डुबो बैठे
यूँ समझो किसी के हो बैठे
हम आज कहीं—

अय दिल मुझे ऐसी जगह ले चल जहाँ कोई न हो

आरज़ू [1950]

अय दिल मुझे ऐसी जगह ले चल जहाँ कोई न हो
अपना-पराया मेहरबाँ-नामेहरबाँ कोई न हो
अय दिल मुझे ऐसी जगह ले चल—

जाकर कहीं खो जाऊँ मैं
नींद आए और सो जाऊँ मैं
दुनिया मुझे ढूँढ़े मगर मेरा निशाँ कोई न हो
अपना-पराया मेहरबाँ-नामेहरबाँ कोई न हो
अय दिल मुझे ऐसी जगह ले चल—

उल्फ़त का बदला मिल गया
वो ग़म लुटा वो दिल गया
चलना है सबसे दूर दूर अब कारवाँ कोई न हो
अपना-पराया मेहरबाँ-नामेहरबाँ कोई न हो
अय दिल मुझे ऐसी जगह ले चल—

शामे-ग़म की क़सम

फुटपाथ [1953]

शामे-ग़म की क़सम
आज ग़मगीं हैं हम
आ भी जा आ भी जा
आज मेरे सनम
शामे-ग़म की क़सम—

दिल परेशान है
रात वीरान है
देख जा किस तरह
आज तनहा हैं हम
शामे-ग़म की क़सम—

चैन कैसा जो पहलू में तू ही नहीं
मार डाले न दर्दे-जुदाई कहीं
रुत हसीं है तो क्या चाँदनी है तो क्या
चाँदनी जुल्म है और जुदाई सितम
शामे-ग़म की क़सम—

अब तो आजा कि अब रात भी सो गई
ज़िन्दगी ग़म के सहराओं में खो गई
ढूँढ़ती है नज़र तू कहाँ है मगर
देखते-देखते आया आँखों में दम
शामे-ग़म की क़सम—
इस गीत को मजरूह और सरदार जाफ़री ने साथ-साथ लिखा था।

हमारे बाद अब महफ़िल में अफ़साने बयाँ होंगे

बाग़ी [1953]

हमारे बाद अब महफ़िल में अफ़साने बयाँ होंगे
बहारें हमको ढूँढ़ेंगी न जाने हम कहाँ होंगे
बहारें हमको ढूँढ़ेंगी—

इसी अन्दाज़ से झूमेगा मौसम गाएगी दुनिया
मुहब्बत फिर हसीं होगी नज़ारे फिर जवाँ होंगे
बहारें हमको ढूँढ़ेंगी—

न हम होंगे न तुम होगे न दिल होगा मगर फिर भी
हज़ारों मंज़िलें होंगी हज़ारों कारवाँ होंगे
बहारें हमको ढूँढ़ेंगी—

सुन सुन सुन सुन ज़ालिमा

आर-पार [1954]

सुन सुन सुन सुन ज़ालिमा
प्यार हमको तुमसे हो गया
दिल से मिला ले दिल मेरा
तुझको मेरे प्यार की क़सम
जा जा जा जा बेवफ़ा
कैसा प्यार कैसी प्रीत रे
तू ना किसी का मीत रे
झूटी तेरे प्यार की क़सम
सुन सुन सुन सुन ज़ालिमा
जा जा जा जा बेवफ़ा—

प्यार की नज़र से दूर
यूँ न ज़िन्दगी गुज़ार
हुस्न तू है इश्क़ मैं
कर भी ले नज़र को चार
चार मैं नज़र करूँ
और फिर हज़ूर से
पास यूँ न आइए
बात कीजे दूर से
जा जा जा जा बेवफ़ा—

कैसा प्यार कैसी प्रीत रे
तू ना किसी का मीत रे
झूटी तेरे प्यार की क़सम
सुन सुन सुन सुन ज़ालिमा
जा जा जा जा बेवफ़ा—

दूर कब तलक रहूँ
फूल तू है रंग मैं

मैं तो हूँ तेरे लिए
डोर तू पतंग मैं
कट गई पतंग जी
डोरे अब न डालिए
और किसी के सामने
जाके दिल उछालिए

सुन सुन सुन सुन ज़ालिमा
प्यार हमको तुमसे हो गया
दिल से मिला ले दिल मेरा
तुझको मेरे प्यार की क़सम
जा जा जा जा बेवफ़ा
सुन सुन सुन सुन ज़ालिमा

बात रह न जाए फिर
वक़्त ये गुज़र न जाए
मेरे प्यार का ये हार
टूट कर बिखर न जाए
प्यार-प्यार कहके तू
दिल मेरा न लूट रे
कह रहा है तू जो बात
हो न झूट-मूट रे

जा जा जा जा बेवफ़ा
कैसा प्यार कैसी प्रीत रे
तू न किसी का मीत रे
झूटी तेरी प्यार की कसम
सुन सुन सुन सुन ज़ालिमा
प्यार हमको तुमसे हो गया
दिल से मिला ले दिल मेरा
तुझको मेरे प्यार की कसम
जा जा जा जा बेवफ़ा

सुन सुन सुन सुन
जा जा जा जा
सुन सुन सुन सुन
जा जा जा
सुन सुन सुन सुन—

बाबूजी धीरे चलना

आर-पार [1954]

बाबूजी धीरे चलना
प्यार में ज़रा सँभलना
बड़े धोके हैं इस राह में
बाबूजी धीरे चलना—

क्यूँ हो खोए हुए सर झुकाए
जैसे जाते हो सब कुछ लुटाए
ये तो बाबूजी पहला क़दम है
नज़र आते हैं अपने पराये
बड़े धोके हैं इस राह में
बाबूजी धीरे चलना—

ये मुहब्बत है ओ भोले-भाले
करना दिल को ग़मों के हवाले
काम उल्फ़त का नाज़ुक बहुत है
आके होंटों पे टूटेंगे प्याले
बड़े धोके हैं इस राह में
बाबूजी धीरे चलना—

हो गई है किसी से जो अनबन
थाम ले दूसरा कोई दामन
ज़िन्दगानी की राहें अजब हैं
हो अकेला तो लाखों हैं दुश्मन
बड़े धोके हैं इस राह में
बाबूजी धीरे चलना—

ये लो मैं हारी पिया

मिस्टर एंड मिसेज़ 55 [1955]

ये लो मैं हारी पिया
हुई तेरी जीत रे
काहे का झगड़ा बालम
नई-नई प्रीत रे
ये लो मैं हारी पिया—

नए-नए दो नैन मिले हैं
नई मुलाक़ात है
मिलते ही तुम रूठ गए जी
ये भी कोई बात है
जाओ जी माफ़ किया
तू ही मेरा मीत रे
काहे का झगड़ा बालम
नई-नई प्रीत रे
ये लो मैं हारी पिया—

हुई तेहारी संग चलो जी
बइयाँ मेरी थाम के
बँधी बलम क़िस्मत की डोरी
संग तेरे नाम के
लड़ते ही लड़ते मौसम
जाए नहीं बीत रे
काहे का झगड़ा बालम
नई-नई प्रीत रे
ये लो मैं हारी पिया—

चले किधर को बोलो बाबू
सपनों को लूट के
हाय राम जी रह नहीं जाए
दिल मेरा टूट के

देखो मैं गाली दूँगी
छोड़ दो ये रीत रे
काहे का झगड़ा बालम
नई-नई प्रीत रे
ये लो मैं हारी पिया—

ठंडी हवा काली घटा

मिस्टर एंड मिसेज़ 55 [1955]

ठंडी हवा काली घटा
आ ही गई झूम के
प्यार लिये डोले हँसी
नाचे जिया घूम के
ठंडी हवा काली घटा—

बैठ के चुपचाप यूँ ही दिल की कली चुन के मैं
दिल ने ये क्या बात कही रह न सकी सुनके मैं
मैं जो चली दिल ने कहा
और ज़रा झूम के
प्यार लिये डोले हँसी
नाचे जिया घूम के
ठंडी हवा काली घटा—

आज तो मैं अपनी छबि देख के शरमा गई
जाने ये क्या सोच रही थी कि हँसी आ गई
लोट गई ज़ुल्फ़ मेरी
होंट मेरा चूम के
प्यार लिये डोले हँसी
नाचे जिया घूम के
ठंडी हवा काली घटा—

दिल का हरेक तार हिला छिड़ने लगी रागिनी
कजरा भरे नैन लिये बन के चलूँ कामिनी
कह दो कोई आज घटा
बरसे ज़रा धूम से
प्यार लिये डोले हँसी
नाचे जिया घूम के
ठंडी हवा काली घटा—

जाने कहाँ मेरा जिगर गया जी

मिस्टर एंड मिसेज़ 55 [1955]

जाने कहाँ मेरा जिगर गया जी
अभी-अभी यहीं था किधर गया जी
किसी की अदाओं पे मर गया जी
बड़ी-बड़ी अँखियों से डर गया जी—

कहीं मारे डर के चूहा तो नहीं हो गया
कोने-कोने देखा न जाने कहाँ खो गया
यहाँ उसे लाये काहे को बिना काम रे
जल्दी-जल्दी ढूँढ़ो कि होने लगी शाम रे
जाने कहाँ मेरा जिगर गया जी—

कोई उल्फ़त की नज़र ज़रा फेर दे
ले ले दो-चार आने जिगर मेरा फेर दे
ऐसे नहीं चोरी खुलेगी तकरार से
चलो-चलो थाने बतायें जमादार से
जाने कहाँ मेरा जिगर गया जी—

सच्ची-सच्ची कह दो दिखाओ नहीं चाल रे
तूने तो नहीं है चुराया मेरा माल रे
बातें हैं नज़र की नज़र से समझाऊँगी
पहले पड़ो पइयाँ तो फिर बतलाऊँगी
जाने कहाँ मेरा जिगर गया जी—

अय दिल है मुश्किल जीना यहाँ

सीआईडी [1955]

अय दिल है मुश्किल जीना यहाँ
ज़रा हट के ज़रा बच के ये है बॉम्बे मेरी जाँ
अय दिल है मुश्किल जीना यहाँ—

कहीं बिल्डिंग कहीं ट्रामें कहीं मोटर कहीं मिल
मिलता है यहाँ सब कुछ इक मिलता नहीं दिल
इंसाँ का नहीं कहीं नामो-निशाँ
ज़रा हट के ज़रा बच के ये है बॉम्बे मेरी जाँ
अय दिल है मुश्किल जीना यहाँ—

कहीं सट्टा कहीं पत्ता कहीं चोरी कहीं रेस
कहीं डाका कहीं फ़ाक़ा कहीं ठोकर कहीं ठेस
बेकारों के हैं कई काम यहाँ
ज़रा हट के ज़रा बच के ये है बॉम्बे मेरी जाँ
अय दिल है मुश्किल जीना यहाँ—

बेघर को आवारा यहाँ कहते हँस-हँस
ख़ुद काटें गले सबके कहें इसको बिज़नेस
इक चीज़ के हैं कई नाम यहाँ
ज़रा हट के ज़रा बच के ये है बॉम्बे मेरी जाँ
अय दिल है मुश्किल जीना यहाँ—

बुरा दुनिया को है कहता ऐसा भोला तो न बन
जो है करता वो है भरता है यहाँ का ये चलन
दादागिरी नहीं चलने की यहाँ
ये है बॉम्बे ये है बॉम्बे ये है बॉम्बे मेरी जाँ
अय दिल है मुश्किल जीना यहाँ
ज़रा हट के ज़रा बच के ये है बॉम्बे मेरी जाँ

अय दिल है आसाँ जीना यहाँ—
सुनो मिस्टर सुनो बन्धू ये है बॉम्बे मेरी जाँ

अय दिल है मुश्किल जीना यहाँ
ज़रा हट के ज़रा बच के ये है बॅम्बे मेरी जाँ—

कहीं पे निगाहें कहीं पे निशाना

सीआईडी [1955]

कहीं पे निगाहें कहीं पे निशाना
जीने दो ज़ालिम बनाओ ना दीवाना
कहीं पे निगाहें कहीं पे निशाना—

कोई न जाने इरादे हैं किधर के
मार न देना तीर नज़र का किसी के जिगर पे
नाज़ुक ये दिल है बचाना ओ बचाना
कहीं पे निगाहें कहीं पे निशाना—

तौबा जी तौबा निगाहों का मचलना
देखभाल के ऐ दिलवालो पहलू बदलना
काफ़िर अदा की अदा है मस्ताना
कहीं पे निगाहें कहीं पे निशाना—

ज़ख़्मी हैं तेरे जायें तो कहाँ जायें
तेरे तीर के मारे हुए देते हैं सदायें
कर दो जी घायल तुम्हारा है ज़माना
कहीं पे निगाहें कहीं पे निशाना—

आया शिकारी ओ पंछी तू सँभल जा
देख जाल है ज़ुल्फ़ों का तू चुपके से निकल जा
उड़ जा ओ पंछी शिकारी है दीवाना
कहीं पे निगाहें कहीं पे निशाना—

लेके पहला-पहला प्यार

सीआईडी [1955]

लेके पहला-पहला प्यार
भरके आँखों में ख़ुमार
जादू नगरी से आया है कोई जादूगर
लेके पहला-पहला प्यार—

मुखड़े पे डाले हुए
ज़ुल्फ़ों की बदली
चली बलखाती कहाँ
रुक जा ओ पगली
नयनों वाली तेरे द्वार
लेके सपने हज़ार
जादूनगरी से आया है कोई जादूगर
लेके पहला-पहला प्यार—

चाहे कोई चमके जी
चाहे कोई बरसे
बचना है मुश्किल
पिया जादूगर से
देगा ऐसा मंतर मार
आख़िर होगी तेरी हार
जादूनगरी से आया है कोई जादूगर
लेके पहला पहला प्यार—

सुन-सुन बातें तेरी
गोरी मुस्कायी रे
आई-आई देखो-देखो
आई हँसी आई रे
खेली होंटों पे बहार
निकला ग़ुस्से से भी प्यार

जादूनगरी से आया है कोई जादूगर
लेके पहला-पहला प्यार—

उसकी दीवानी हुई
कहूँ कैसे हो गई
जादूगर चला गया
मैं तो यहाँ खो गई
नयना जैसे हुए चार
गया दिल का क़रार
जादूनगरी से आया है कोई जादूगर
लेके पहला-पहला प्यार—

तुमने तो देखा होगा
उसको सितारो
आओ ज़रा मेरे संग
मिलके पुकारो
डोलूँ होके बेक़रार
ढूँढ़े तुझको मेरा प्यार
जादूनगरी से आया है कोई जादूगर
लेके पहला पहला प्यार—

जब से लगाया तेरे
प्यार का काजल
काली-काली बिरहा की
रतियाँ हैं बेकल
आ जा मन के सिंगार
करे बिंदिया पुकार
जादूनगरी से आया है कोई जादूगर
लेके पहला पहला प्यार—

माना जनाब ने पुकारा नहीं

पेइंग गेस्ट [1957]

माना जनाब ने पुकारा नहीं
क्या मेरा साथ भी गवारा नहीं
मुफ़्त में बन के
चल दिए तन के
वल्लाह जवाब तुम्हारा नहीं
माना जनाब ने पुकारा नहीं—

यारों का चलन है ग़ुलामी
देते हैं हसीनों को सलामी
ग़ुस्सा ना कीजिए
जाने भी दीजिए
बन्दगी तो बन्दगी तो लीजिए साहब
माना जनाब ने पुकारा नहीं—

टूटा-फूटा दिल ये हमारा
जैसा भी है अब है तुम्हारा
इधर देखिए
नज़र फेंकिए
दिल्लगी न दिल्लगी न कीजिए साहब
माना जनाब ने पुकारा नहीं—

माशा अल्लाह कहना तो माना
बन गया बिगड़ा ज़माना
तुमको हँसा दिया
प्यार सिखा दिया
शुक्रिया तो शुक्रिया तो कीजिए साहब
माना जनाब ने पुकारा नहीं—

चाँद फिर निकला

पेइंग गेस्ट [1957]

चाँद फिर निकला
मगर तुम न आए
जला फिर मेरा दिल
करूँ क्या मैं हाय
चाँद फिर निकला—

ये रात कहती है वो दिन गए तेरे
ये जानता है दिल कि तुम नहीं मेरे
खड़ी हूँ मैं फिर भी
निगाहें बिछाए
मैं क्या करूँ हाय
कि तुम याद आए
चाँद फिर निकला—

सुलगते सीने से धुआँ-सा उठता है
लो अब चलो आओ कि दम घुटता है
जला गए तन को
बहारों के साये
मैं क्या करूँ हाय
कि तुम याद आए
चाँद फिर निकला—

देखो क़सम से देखो क़सम से कहते हैं तुमसे हाँ

तुम सा नहीं देखा [1957]

देखो क़सम से देखो क़सम से कहते हैं तुमसे हाँ
तुम भी जलोगे हाथ मलोगे रूठ के हमसे हाँ

रात है दीवानी मस्त हैं फ़िज़ाएँ
चाँदनी सुहानी सर्द हैं हवाएँ
हम भी अकेले तुम भी अकेले कहते हैं तुमसे हाँ
तुम भी जलोगे हाथ मलोगे रूठ के हम से हाँ
देखो क़सम से देखो क़सम से कहते हैं तुमसे हाँ—

जाते हो तो जाओ चल दिए जी हम भी
आओ या न आओ अब नहीं है ग़म भी
हम भी अकेले तुम भी अकेले कहते हैं तुमसे हाँ
तुम भी जलोगे हाथ मलोगे रूठ के हमसे हाँ
देखो क़सम से देखो क़सम से कहते हैं तुमसे हाँ—

क्या लगाई तुमने ये क़सम-क़सम से
लो ठहर गए हम कुछ कहो भी हम से
बन के न चलिए तन के न चलिए कहते हैं तुमसे हाँ
तुम भी जलोगे हाथ मलोगे रूठ के हमसे हाँ
देखो क़सम से देखो क़सम से कहते हैं तुमसे हाँ—

जवानियाँ ये मस्त-मस्त बिन पीये

तुम सा नहीं देखा [1957]

जवानियाँ ये मस्त-मस्त बिन पीये
जलाती चल रही हैं राह में दीये
न जाने इनमें किसके वास्ते हूँ मैं
न जाने इनमें कौन है मेरे लिए
जवानियाँ ये मस्त-मस्त बिन पीये—

सभी हसीं सभी जवाँ
कहाँ पे दिल को हारिए
सभी हैं दिल की मेहमाँ
किसे-किसे पुकारिये
जवानियाँ ये मस्त-मस्त बिन पीये—

दीवाने हम थे चाह के
तो बेक़रार हो लिये
कि दूर की निगाह के
गुनाहगार हो लिये
जवानियाँ ये मस्त-मस्त बिन पीये—

हम हैं राही प्यार के

नौ दो ग्यारह [1957]

हम हैं राही प्यार के
हमसे कुछ न बोलिए
जो भी प्यार से मिला
हम उसी के हो लिये—

दर्द भी हमें क़ुबूल
चैन भी हमें क़ुबूल
हमने हर तरह के फूल
हार में पिरो लिये
जो भी प्यार से मिला
हम उसी के हो लिये—

धूप थी नसीब में
धूप में लिया है दम
चाँदनी मिली तो हम
चाँदनी में सो लिये
जो भी प्यार से मिला
हम उसी के हो लिये—

दिल पे आसरा किए
हम तो बस यूँ ही जिए
एक क़दम पे हँस लिये
एक क़दम पे रो लिये
जो भी प्यार से मिला
हम उसी के हो लिये—

राह में पड़े हैं हम
कब से आपकी क़सम
देखिए तो कम से कम

बोलिए न बोलिए
जो भी प्यार से मिला
हम उसी के हो लिये—

कोई आया

लाजवंती [1958]

कोई आया
धड़कन कहती है
धीरे-से पलकों की
ये गिरती-उठती
चिलमन कहती है
कोई आया—

होने लगीं किसी आहट की गुलकारियाँ
परवाना बन के उड़ीं दिल की चिंगारियाँ
झूम गया झिलमिलाता दीया
कोई आया—

चाँद हँसा ले के दर्पण मेरे सामने
घबरा के मैं लट उलझी लगी थामने
छेड़ गई मुझे चंचल हवा
कोई आया—

आ ही गया मीठी-मीठी-सी उलझन लिये
खो ही गई मैं तो शर्माई चितवन लिये
गोरे बदन से पसीना बहा
कोई आया—

इक लड़की भीगी-भागी सी

चलती का नाम गाड़ी [1958]

इक लड़की भीगी-भागी सी
सोती रातों में जागी सी
मिली एक अजनबी से
कोई आगे न पीछे
तुम ही कहो ये कोई बात है—

दिल-ही-दिल में जली जाती है
बिगड़ी-बिगड़ी चली आती है
झुँझलाती हुई
बलखाती हुई
सावन की सूनी रात में
मिली एक अजनबी से
कोई आगे न पीछे
तुम ही कहो ये कोई बात है—

डगमग-डगमग लहकी-लहकी
भूली-भटकी बहकी-बहकी
मचली-मचली
घर से निकली
पगली-सी काली रात में
मिली एक अजनबी से
कोई आगे न पीछे
तुम ही कहो ये कोई बात है—

तन भीगा है सर गीला है
उसका कोई पेंच भी ढीला है
तनती-झुकती
चलती-रुकती
निकली अँधेरी रात में
मिली एक अजनबी से
कोई आगे न पीछे
तुम ही कहो ये कोई बात है—

हाल कैसा है जनाब का

चलती का नाम गाड़ी [1958]

हाल कैसा है जनाब का
क्या ख़याल
है आपका
तुम तो मचल गए ओ ओ ओ
यूँ ही फिसल गए आ आ आ
हाल कैसा है जनाब का—

बहकी-बहकी
चले है पवन जो उड़े है तेरा आँचल
छोड़ो-छोड़ो
देखो-देखो गोरे-गोरे काले-काले बादल
कभी कुछ कहती है
कभी कुछ कहती है
ज़रा नज़र को सँभालना
हाल कैसा है जनाब का—

पगली-पगली
कभी तूने सोचा रस्ते में गए मिल क्यूँ
पगले-पगले
तेरी बातों-बातों में धड़कता है दिल क्यूँ
कभी कुछ कहती है
कभी कुछ कहती है
जरा नज़र को सँभालना
हाल कैसा है जनाब का—

कहो जी कहो जी
रोज़ तेरे संग यूँ ही दिल बहलायें क्या
सुनो जी सुनो जी
समझ सको तो ख़ुद समझो बतायें क्या
कभी कुछ कहती है

कभी कुछ कहती है
ज़रा नज़र को सँभालना
हाल कैसा है जनाब का—

सी ए टी कैट

दिल्ली का ठग [1958]

सी ए टी कैट
कैट माने बिल्ली
आर ए टी रैट
रैट माने चूहा
अरे दिल है तेरे पंजे में तो क्या हुआ

एम ए डी मैड
मैड माने पागल
बी ओ वाय बॉय
बॉय माने लड़का
मतलब इसका तुम कहो तो क्या हुआ—

अरी बावरी
तू बन जा मेरी
ज़रा सुन मैं क्या कहता हूँ
ज़रा देख इधर
तुझे है ख़बर
तू है कौन और मैं क्या हूँ
जी ओ ए टी गोट
गोट माने बकरी
एल आय ओ एन लॉयन
लॉयन माने शेर
अरे दिल है तेरे पंजे में तो क्या हुआ

एम ए डी मैड
मैड माने पागल
बी ओ वाय बॉय
बॉय माने लड़का
मतलब इसका तुम कहो तो क्या हुआ—

लगे ताकने
कभी आपने

शीशा लेके मुँह देखा भी
तुम्हीं एक नहीं
जहाँ में हसीं
न होगा कोई हमसा भी
एन ओ एस इ नोज़
नोज़ माने नाक
सी आर ओ डब्ल्यू क्रो
क्रो माने कौआ
मतलब इसका तुम कहो तो क्या हुआ

सी ए टी कैट
कैट माने म्याऊँ
आर ए टी रैट
रैट माने चू ऊ ऊ
अरे दिल है तेरे पंजे में तो क्या हुआ—

मिला ले नज़र
ओ जाने-जिगर
तेरा क्या करेगी दुनिया
जहाँ से डरो
ये सोचा करो
हमें क्या कहेगी दुनिया
बी ए डी बैड
बैड माने बुरा
बी यू टी बट
बट माने लेकिन
अरे दिल है तेरे पंजे में तो क्या हुआ

एम ए डी मैड
मैड माने पागल
बी ओ वाय बॉय
बॉय माने लड़का
मतलब इसका तुम कहो तो क्या हुआ—

हमसफ़र साथ अपना छोड़ चले

आख़िरी दाँव [1958]

हमसफ़र साथ अपना छोड़ चले
रिश्ते-नाते वो सारे तोड़ चले
हमसफ़र साथ—

रास्ता साफ़ था तो चलते रहे
साथ हँसते रहे मचलते रहे
मोड़ आया तो मुँह को मोड़ चले
हमसफ़र साथ—

सपने टूटे पड़े हैं राहों में
दर्द की धूल है निगाहों में
दिल पे क़दमों के नक़्श छोड़ चले
हमसफ़र साथ—

जब उन्हें हमसे प्यार ही न रहा
रोएँ क्या इंतज़ार ही न रहा
हम भी दामन को अब निचोड़ चले
हमसफ़र साथ—

है अपना दिल तो आवारा

सोलहवाँ साल [1958]

है अपना दिल तो आवारा
न जाने किस पे आएगा
है अपना दिल तो आवारा—

हसीनों ने बुलाया
गले से भी लगाया
बहुत समझाया
ये ही ना समझा
बहुत भोला है बेचारा
न जाने किस पे आएगा
है अपना दिल तो आवारा—

अजब है दीवाना
न दर न ठिकाना
ज़मीं से बेगाना
फ़लक से जुदा
ये एक टूटा हुआ तारा
न जाने किस पे आएगा
है अपना दिल तो आवारा—

ज़माना देखा सारा
है सबका सहारा
ये दिल ही हमारा
हुआ न किसी का
सफ़र में है ये बंजारा
है अपना दिल तो आवारा—

हुआ जो कभी राज़ी
तो मिला नहीं काज़ी
जहाँ पे लगी बाज़ी

वहीं पे दिल हारा
ज़माने भर का नाकारा
न जाने किस पे आएगा
है अपना दिल तो आवारा—

रुकेगा न रुका है
न जाने धुन क्या है
कभी ये रास्ता है
कभी वो रास्ता
फिरे है दर-ब-दर मारा
न जाने किस पे आएगा
है अपना दिल तो आवारा—

किसी से ये मिला था
बताए कोई क्या था
बेदारी का समाँ था
कि था वो सपना
ख़ुद अपने दर्द से हारा
न जाने किस पे आएगा
है अपना दिल तो आवारा—

हम बेख़ुदी में तुमको पुकारे चले गए

काला पानी [1958]

हम बेख़ुदी में तुमको पुकारे चले गए
साग़र में ज़िन्दगी को उतारे चले गए
हम बेख़ुदी में तुमको पुकारे चले गए—

देखा किए तुम्हें हम बन के दीवाना
उतरा जो नशा तो हमने ये जाना
सारे वो ज़िन्दगी के सहारे चले गए
हम बेख़ुदी में तुमको पुकारे चले गए—

तुम तो न कहो हम ख़ुद ही से खेले
डूबे नहीं हमीं यूँ नशे में अकेले
शीशे में आप को भी उतारे चले गए
हम बेख़ुदी में तुमको पुकारे चले गए—

नज़र लागी राजा तोरे बँगले पर

काला पानी [1958]

नज़र लागी राजा तोरे बँगले पर

जो मैं होती राजा बन की कोयलिया
कुहुक रहती राजा तोरे बँगले पर
नज़र लागी राजा तोरे बँगले पर—

जो मैं होती राजा कारी बदरिया
बरस रहती राजा तोरे बँगले पर
नज़र लागी राजा तोरे बँगले पर—

जो मैं होती राजा बेला चमेलिया
लिपट रहती राजा तोरे बँगले पर
नज़र लागी राजा तोरे बँगले पर—

जो मैं होती राजा तुमरी दुल्हनिया
मटक रहती राजा तोरे बँगले पर
नज़र लागी राजा तोरे बँगले पर—

कैसा जादू बलम तूने डारा

12 ओ क्लॉक [1958]

कैसा जादू बलम तूने डारा
खो गया नन्हा-सा दिल हमारा
कैसा जादू—

कोई तेरी तरह दिल न छीने
हो गई मैं पसीने-पसीने
तौबा-तौबा नज़र का इशारा
खो गया नन्हा-सा दिल हमारा
कैसा जादू—

डगमगाए क़दम चलते-चलते
तुमने छेड़ा तो हम क्या सँभलते
लो चले नाम लेकर तुम्हारा
खो गया नन्हा-सा दिल हमारा
कैसा जादू—

होश भी थोड़ा-थोड़ा नशा भी
दर्द भी थोड़ा-थोड़ा मज़ा भी
तीर सैयाँ अजब तूने मारा
खो गया नन्हा-सा दिल हमारा
कैसा जादू—

सुन मेरे बंधू रे

सुजाता [1959]

सुन मेरे बंधू रे
सुन मेरे मितवा
सुन मेरे साथी रे
सुन मेरे बंधू रे—

होता तू पीपल मैं होती
अमरलता तेरी
तेरे गले माला बनके
पड़ी मुस्काती रे
सुन मेरे साथी रे
सुन मेरे बंधू रे—

जिया कहे तू सागर मैं
होती तेरी नदिया
लहर-बहर करती अपने
पिया से मिल जाती रे
सुन मेरे साथी रे
सुन मेरे बंधू रे—

जलते हैं जिसके लिए

सुजाता [1959]

जलते हैं जिसके लिए
तेरी आँखों के दीये
ढूँढ़ लाया हूँ वो ही
गीत मैं तेरे लिए
जलते हैं जिसके लिए—

दर्द बनके जो मेरे
दिल में रहा ढल न सका
जादू बनके तेरी
आँखों में रुका चल न सका
आज लाया हूँ वो ही
गीत मैं तेरे लिए
जलते है जिसके लिए—

दिल में रख लेना इसे
हाथों से ये छूटे न कहीं
गीत नाज़ुक है मेरा
शीशे से भी टूटे न कहीं
गुनगुनाऊँगा यही
गीत मैं तेरे लिए
जलते हैं जिसके लिए—

जब तलक ना ये तेरे
रस के भरे होंटों से मिले
यूँ ही आवारा फिरेगा
ये तेरी ज़ुल्फ़ों के तले
गाये जाऊँगा ये ही
गीत मैं तेरे लिए
जलते हैं जिसके लिए—

नन्ही कली सोने चली

सुजाता [1959]

नन्ही कली सोने चली
हवा धीरे आना
नींद भरे पंख लिये
झूला झुला जाना
नन्ही कली सोने चली—

चाँद-किरण-सी गुड़िया
नाज़ों की है पली
आज अगर चाँदनियाँ
आना मेरी गली
गुन-गुन-गुन गीत कोई
हौले-हौले गाना
नींद भरे पंख लिये
झूला झुला जाना
नन्ही कली सोने चली—

रेशम की डोर अगर
पैरों को उलझाए
घुँघर का दाना कोई
शोर मचा जाये
रानी मेरी जागे तो फिर
निंदिया तू बहलाना
नींद भरे पंख लिये
झूला झुला जाना
नन्ही कली सोने चली—

हम और तुम और ये समाँ

दिल देके देखो [1959]

हम और तुम और ये समाँ
क्या नशा-नशा-सा है
बोलिए न बोलिए
सब सुना-सुना-सा है
हम और तुम और ये समाँ—

बेक़रार से हो क्यूँ
हमको पास आने भी दो
गिर पड़ा जो हाथ से
वो रूमाल उठाने भी दो
बनते क्यूँ हो जाने भी दो
हम और तुम और ये समाँ—

आज बात-बात पे
आप क्यूँ सँभलने लगे
थरथराये होंट क्यूँ
अश्क क्यूँ मचलने लगे
लिपटे गेसू खुलने लगे
हम और तुम और ये समाँ—

चल री सजनी अब क्या सोचे

बम्बई का बाबू [1960]

चल री सजनी अब क्या सोचे
कजरा ना बह जाये रोते-रोते
चल री सजनी अब क्या सोचे—

बाबुल पछताये हाथों को मलके
काहे दिया परदेस टुकड़े को दिल के
आँसू लिये सोच रहा दूर खड़ा रे
चल री सजनी अब क्या सोचे—

ममता का आँचल गुड़ियों का संगना
छोटी-बड़ी सखियाँ घर गली अँगना
छुट गया छुट गया छुट गया रे
चल री सजनी अब क्या सोचे—

दुल्हन बनके गोरी खड़ी है
कोई नहीं अपना कैसी घड़ी है
कोई यहाँ कोई वहाँ कोई कहाँ रे
चल री सजनी अब क्या सोचे—

मुफ़्त हुए बदनाम

बारात [1960]

मुफ़्त हुए बदनाम
किसी से हाय दिल को लगा के
जीना हुआ इल्ज़ाम
किसी से हाय दिल को लगा के
मुफ़्त हुए बदनाम—

गए अरमान लेके
लुटे-लुटे आते हैं
लोग जहाँ में कैसे
दिल को लगाते हैं
अपना बनाते हैं
हम तो फिरे नाकाम
किसी से हाय दिल को लगा के
मुफ़्त हुए बदनाम—

समझे थे साथ देगा
किसी का सुहाना ग़म
खुली जो नज़र तो देखा
तनहा खड़े हैं हम
दिन भी रहा है कम
रस्ते में हो गई शाम
किसी से हाय दिल को लगा के
मुफ़्त हुए बदनाम—

तस्वीर तेरी दिल में

माया [1961]

तस्वीर तेरी दिल में
जिस दिन से उतारी है
फिरूँ तुझे संग लेके
नए-नए रंग लेके
सपनों की महफ़िल में
तस्वीर तेरी दिल में—

माथे की बिंदिया तू है सनम
नैनों का कजरा पिया तेरा ग़म
नैन के नीचे-नीचे
रहूँ तेरे पीछे-पीछे
चलूँ किसी मंज़िल में
तस्वीर तेरी दिल में—

तुमसे नज़र जब गई है मिल
जहाँ है क़दम तेरे वहीं मेरा दिल
झुकें जहाँ पलकें तेरी
खुलें जहाँ ज़ुल्फ़ें तेरी
रहूँ उसी मंज़िल में
तस्वीर तेरी दिल में—

तूफ़ान उठाएगी दुनिया मगर
रुक न सकेगा दिल का सफ़र
यूँ ही नज़र मिलती होगी
यूँ ही शमाँ जलती होगी
तेरी-मेरी मंज़िल में
तस्वीर तेरी दिल में—

कोई हमदम न रहा

झुमरू [1961]

कोई हमदम न रहा
कोई सहारा न रहा
हम किसी के न रहे
कोई हमारा न रहा
कोई हमदम न रहा—

शाम तनहाई की है
आएगी मंज़िल कैसे
जो मुझे राह दिखाए
वो ही तारा न रहा
कोई हमदम न रहा—

अय नज़ारो न हँसो
मिल न सकूँगा तुमसे
वो मेरे हो न सके
मैं भी तुम्हारा न रहा
कोई हमदम न रहा—

क्या बताऊँ मैं कहाँ
यूँ ही चला जाता हूँ
जो मुझे फिर से बुला ले
वो इशारा न रहा
कोई हमदम न रहा—

ठंडी हवा ये चाँदनी सुहानी

झुमरू [1961]

ठंडी हवा ये चाँदनी सुहानी
अय मेरे दिल सुना कोई कहानी
लम्बी-सी इक डगर है ज़िन्दगानी
अय मेरे दिल सुना कोई कहानी

सारे हसीं नज़ारे सपनों में खो गए
सर रख के आसमाँ पे पर्वत भी सो गए
मेरे दिल तू सुना कोई ऐसी दास्ताँ
जिसको सुनकर मिले चैन मुझे मेरी जाँ
मंज़िल है अंजानी
ठंडी हवा ये चाँदनी सुहानी
अय मेरे दिल सुना कोई कहानी

ऐसे में चल रहा हूँ पेड़ों की छाँव में
जैसे कोई सितारा बादल के गाँव में
मेरे दिल तू सुना कोई ऐसी दास्ताँ
जिसको सुनकर मिले चैन मुझे मेरी जाँ
मंज़िल है अंजानी
ठंडी हवा ये चाँदनी सुहानी
अय मेरे दिल सुना कोई कहानी—

थोड़ी-सी रात बीती थोड़ी-सी रह गई
ख़ामोश रुत न जाने क्या बात कह गई
मेरे दिल तू सुना कोई ऐसी दास्ताँ
जिसको सुनकर मिले चैन मुझे मेरी जाँ
मंज़िल है अंजानी
ठंडी हवा ये चाँदनी सुहानी
अय मेरे दिल सुना कोई कहानी।

देखो मौसम

ओपेरा हाउस [1961]

देखो मौसम
क्या बहार है
सारा आलम
बेक़रार है
ऐसे में क्यूँ हम दीवाने हो जाएँ ना
छलकी-छलकी
चाँदनी भी है
हलकी-हलकी
बेख़ुदी भी है
ऐसे में क्यूँ हम यहीं पर खो जाएँ ना
ऐसे में क्यूँ हम दीवाने हो जाएँ ना—

ठंडी-ठंडी रेत में जलवों की बरसात है
क्या मस्ताना है समाँ क्या मतवाली रात है
सपने बिखरे
मोड़-मोड़ पे
ताकें नैना
जोड़-जोड़ के
ऐसे में क्यूँ हम दीवाने हो जाएँ ना—

गाती-सी हर साँस में बजती-सी शहनाइयाँ
साया दिल पे डालती तारों की परछाइयाँ
झाँके चंदा
आसमान से
छेड़े हमको
जान-जान के
ऐसे में क्यूँ हम यहीं पर खो जाएँ ना
ऐसे में क्यूँ हम दीवाने हो जाएँ ना—

दरिया की हर मौज से अरमानों का ज़ोर है
दिल वालों के गीत का हलका-हलका शोर है
लहरें डोलें
झूम-झूम के
साहिल का मुँह
चूम-चूम के
ऐसे में क्यूँ हम दीवाने हा जाएँ ना—

बार-बार देखो

चाइना टाउन [1962]

बार-बार देखो
हज़ार बार देखो
कि देखने की चीज़ है हमारा दिलरु बा
टाली हो
टाली हो
टाली हो—

हाँ जी हाँ
और भी होंगे दिलदार यहाँ
लाखों दिलों की बहार यहाँ
पर ये बात कहाँ
ये बेमिसाल हुस्न लाजवाब ये अदा
टाली हो
टाली हो
टाली हो—

दिल मिला
एक जाने-महफ़िल मिला
या चिराग़े-मंज़िल मिला
ये न पूछो कि कहाँ
नया-नया ये आशिक़ी का राज़ है मेरा
टाली हो
टाली हो
टाली हो—

वल्ले-वल्ले
उठके मिस्टर क्यों चले
प्यार पे मेरे कहो क्यों जले
बैठ भी जाओ मेहरबाँ
दुआ करो मिले तुम्हें भी ऐसा दिलरु बा

टाली हो
टाली हो
टाली हो—

न तुम हमें जानो

बात एक रात की [1962]

न तुम हमें जानो
न हम तुम्हें जानें
मगर लगता है कुछ ऐसा
मेरा हमदम मिल गया
न तुम हमें जानो—

ये मौसम ये रात चुप है
वो होंटों की बात चुप है
ख़मोशी सुनाने लगी हैं दास्ताँ
नज़र बन गई है दिल की ज़बाँ
न तुम हमें जानो—

मुहब्बत के मोड़ पे हम
मिले सबको छोड़ के हम
धड़कते दिलों का लेके ये कारवाँ
चले आज दोनों जाने कहाँ
न तुम हमें जानो—

बार-बार तोहे क्या समझाए

आरती [1962]

बार-बार तोहे क्या समझाए
पायल की झंकार
तेरे बिन साजन
लागे ना जिया हमार
छुप-छुप के करता है इशारे
चंदा सौ-सौ बार
आ तोहे सजनी ले चलूँ
नदिया के पार
तेरे बिन साजन—

चलते-चलते रुक गए क्यूँ सजन मेरे
मिलते-मिलते झुक गए क्यूँ नयन तेरे
झुके-झुके नयना करते हैं
तुमसे ये इक़रार
तेरे बिन साजन—

दरिया ऊपर चाँदनी आई सँभल-सँभल
इन लहरों पर मन मेरा गया मचल-मचल
एक बात कहता हूँ तुमसे
ना करना इनकार
आ तोहे सजनी ले चलूँ
नदिया के पार
तेरे बिन साजन—

ना बीते ये रात हम मिलते ही रहें
बस तारों की छाँव में चलते ही रहें
नाम तेरा ले-ले कर गाए
धड़कन का हर तार
तेरे बिन साजन—

अब क्या मिसाल दूँ मैं तुम्हारे शबाब की

आरती [1962]

अब क्या मिसाल दूँ मैं तुम्हारे शबाब की
इंसान बन गई है किरण माहताब की

चेहरे में घुल गया है हसीं चाँदनी का नूर
आँखों में है चमन की जवाँ रात का सुरूर
गरदन है इक झुकी हुई डाली गुलाब की
अब क्या मिसाल दूँ मैं तुम्हारे शबाब की

गेसू खुले तो शाम के दिल से धुआँ उठे
छू ले क़दम तो झुक के न फिर आसमाँ उठे
सौ बार झिलमिलाए शमा आफ़ताब की
अब क्या मिसाल दूँ मैं तुम्हारे शबाब की

दीवारो-दर का रंग ये आँचल ये पैरहन
घर का मेरे चराग़ है बूटा-सा ये बदन
तस्वीर हो तुम्हीं मेरे जन्नत के ख्वाब की
अब क्या मिसाल दूँ मैं तुम्हारे शबाब की

बने हो एक ख़ाक से तो दूर क्या क़रीब क्या

आरती [1962]

बने हो एक ख़ाक से तो दूर क्या क़रीब क्या
लहू का रंग एक है अमीर क्या ग़रीब क्या
बने हो एक ख़ाक से—

वोही है जाँ वोही है तन कहाँ तलक छुपाओगे
पहन के रेशमी लिबास तुम बदल न जाओगे
कि एक ज़ात हैं सभी तो बात है अजीब क्या
लहू का रंग एक है अमीर क्या ग़रीब क्या
बने हो एक ख़ाक से—

ग़रीब है वो इसलिए कि तुम अमीर हो गए
कि एक बादशाह हुआ तो सौ फ़क़ीर हो गए
ख़ता ये है समाज की भला-बुरा नसीब क्या
लहू का रंग एक है अमीर क्या ग़रीब क्या
बने हो एक ख़ाक से—

जो एक हो तो क्यूँ न फिर दिलों का दर्द बाँट लो
लबों की प्यास बाँट लो रुख़ों की गर्द बाँट लो
लगा लो सबको तुम गले हबीब क्या रक़ीब क्या
लहू का रंग एक है अमीर क्या ग़रीब क्या
बने हो एक ख़ाक से—

कभी तो मिलेगी

आरती [1962]

कभी तो मिलेगी
कहीं तो मिलेगी
बहारों की मंज़िल राही—

लम्बी सही दर्द की राहें
दिल की लगन से काम ले
आँखों के इस तूफ़ाँ को पी जा
आहों के बादल थाम ले
दूर तो है पर दूर नहीं है
नज़ारों की मंज़िल राही
बहारों की मंज़िल राही—

माना कि है गहरा अँधेरा
गुम है डगर की चाँदनी
मैली न हो धुँधली पड़े ना
देख नज़र की चाँदनी
डाले हुए है रात की चादर
सितारों की मंज़िल राही
बहारों की मंज़िल राही—

प्यार ही से प्यार की क़िस्मत बना ली जाएगी

इक राज़ [1963]

प्यार ही से प्यार की क़िस्मत बना ली जाएगी
तुम ये मत समझो मेरी फ़रियाद ख़ाली जाएगी
उठेगी तुम्हारी नज़र धीरे-धीरे
मुहब्बत करेगी असर धीरे-धीरे

ये माना ख़लिश है अभी हलकी-हलकी
ख़बर भी नहीं है तुमको मेरे दर्दे-दिल की
ख़बर हो रहेगी मगर धीरे-धीरे
उठेगी तुम्हारी नज़र धीरे-धीरे

मिलेगा जो कोई हसीं चुपके-चुपके
मेरी याद आ जाएगी वहीं चुपके-चुपके
सताएगा दर्दे-जिगर धीरे-धीरे
उठेगी तुम्हारी नज़र धीरे-धीरे

सुलगते हैं कब से इसी चाह में हम
पड़े हैं निगाहें डाले इसी राह में हम
कि आओगे तुम भी इधर धीरे-धीरे
उठेगी तुम्हारी नज़र धीरे-धीरे

वो जो मिलते थे कभी हमसे दीवानों की तरह

अकेली मत जइयो [1963]

वो जो मिलते थे कभी हमसे दीवानों की तरह
आज यूँ मिलते हैं जैसे कभी पहचान न थी—

देखते भी हैं तो यूँ मेरी निगाहों में कभी
अजनबी जैसे मिला करते हैं राहों में कभी
इस क़दर उनकी नज़र हमसे तो अनजान न थी—

एक दिन था कभी यूँ ही जो मचल जाते थे
खेलते थे मेरी ज़ुल्फ़ों से बहल जाते थे
वो परेशाँ थे मेरी ज़ुल्फ़ परेशान न थी—

वो मुहब्बत वो शरारत मुझे याद आती है
दिल में इक प्यार का तूफ़ान उठा जाती है
थी मगर ऐसी तो उलझन में मेरी जान न थी—

आँचल में सजा लेना कलियाँ

फिर वो ही दिल लाया हूँ [1963]

आँचल में सजा लेना कलियाँ
ज़ुल्फ़ों में सितारे भर लेना
ऐसे ही कभी जब शाम ढले
तब याद हमें भी कर लेना—

आया था यहाँ बेगाना-सा
चल दूँगा कहीं दीवाना-सा
दीवाने की ख़ातिर तुम कोई
इल्ज़ाम न अपने सर लेना
ऐसे ही कभी जब शाम ढले
तब याद हमें भी कर लेना—

रस्ता जो मिले अनजान कोई
आ जाए अगर तूफ़ान कोई
अपने को अकेला जान के तुम
आँखों में न आँसू भर लेना
ऐसे ही कभी जब शाम ढले
तब याद हमें भी कर लेना—

आँखों से जो उतरी है दिल में

फिर वो ही दिल लाया हूँ [1963]

आँखों से जो उतरी है दिल में
तस्वीर है इक अनजाने की
ख़ुद ढूँढ़ रही है शम्मा जिसे
क्या बात है उस परवाने की
आँखों से जो उतरी है दिल में—

वो उसके लबों पर शोख़ हँसी
रंगीन शरारत आँखों में
साँसों में मुहब्बत की ख़ुशबू
वो प्यार की धड़कन बातों में
दुनिया मेरी
बदल गई
बनके घटा
निकल गई
तौबा वो नज़र मस्ताने की
ख़ुद ढूँढ़ रही है शम्मा जिसे
क्या बात है उस परवाने की
आँखों से जो उतरी है दिल में—

अन्दाज़ वो उसके आने का
चुपके से बहार आए जैसे
कहने को घड़ी भर साथ रहा
पर उम्र गुज़ार आए जैसे
उनके बिना
रहूँगी नहीं
क़िस्मत से
अब जो कहीं
मिल जाए ख़बर दीवाने की

ख़ुद ढूँढ़ रही है शम्मा जिसे
क्या बात है उस परवाने की
आँखों से जो उतरी है दिल में—

छेड़ो न मेरी ज़ुल्फ़ें

गंगा की लहरें [1964]

छेड़ो न मेरी ज़ुल्फ़ें
सब लोग क्या कहेंगे
हमको दीवाना तुमको
काली घटा कहेंगे
छेड़ो न मेरी ज़ुल्फ़ें—

आती है शर्म हमको
रोको ये प्यारी बातें
जो तुमको जानते हैं
वो जानते हैं तुम्हारी बातें
तुम कह लो शर्म इसको
हम तो अदा कहेंगे
छेड़ो न मेरी ज़ुल्फ़ें—

मैं प्यार हूँ तुम्हारा
मेरा सलाम ले लो
तुम इसको प्यार समझो
तुम इसको चाहत का नाम दे लो
लेकिन ज़माने वाले
इसको ख़ता कहेंगे
हमको दीवाना तुमको
काली घटा कहेंगे
छेड़ो न मेरी ज़ुल्फ़ें—

तौबा तेरी नज़र के
मस्ती-भरे इशारे
देखेंगे हमको-तुमको
तो मुस्करा के ये सब नज़ारे

उल्फ़त में दो दिलों को
बहका हुआ कहेंगे
छेड़ो न मेरी ज़ुल्फ़ें—

चाहूँगा मैं तुझे साँझ-सवेरे

दोस्ती [1964]

चाहूँगा मैं तुझे साँझ-सवेरे
फिर भी कभी अब नाम को तेरे
आवाज़ मैं न दूँगा
आवाज़ मैं न दूँगा—

देख मुझे सब है पता
सुनता है तू मन की सदा
मितवा मेरे यार
तुझको बार-बार
आवाज़ मैं न दूँगा
आवाज़ मैं न दूँगा—

दर्द भी तू चैन भी तू
दरस भी तू नैन भी तू
मितवा मेरे यार
तुझको बार-बार
आवाज़ मैं न दूँगा
आवाज़ मैं न दूँगा—

मेरा तो जो भी क़दम है वो तेरी राह में है

दोस्ती [1964]

मेरा तो जो भी क़दम है वो तेरी राह में है
कि तू कहीं भी रहे तू मेरी निगाह में है

खरा है दर्द का रिश्ता तो फिर जुदाई क्या
जुदा तो होते हैं वो खोट जिनकी चाह में है

छुपा हुआ-सा मुझी में है तू कहीं अय दोस्त
मेरी हँसी में नहीं है तो मेरी आह में है

दुख हो या सुख जब सदा संग रहे ना कोय

दोस्ती [1964]

दुख हो या सुख जब सदा संग रहे ना कोय
फिर दुख को अपनाइए कि जाय तो दुख ना होय
राही मनवा दुख की चिंता क्यूँ सताती है
दुख तो अपना साथी है
सुख है एक छाँव ढलती आती है जाती है
दुख तो अपना साथी है—

दूर है मंज़िल दूर सही
प्यार हमारा क्या कम है
पग में काँटे लाख सही
पर ये सहारा क्या कम है
हमराह तेरे कोई अपना तो है
सुख है एक छाँव ढलती आती है जाती है
दुख तो अपना साथी है—

दुख हो कोई तब जलते हैं
पथ के दीप निगाहों में
इतनी बड़ी इस दुनिया की
लम्बी अकेली राहों में
हमराह तेरे कोई अपना तो है
सुख है एक छाँव ढलती आती है जाती है
दुख तो अपना साथी है—

जाने वालो ज़रा

दोस्ती [1964]

जाने वालो ज़रा
मुड़के देखो मुझे
एक इंसान हूँ मैं तुम्हारी तरह
जिसने सबको रचा
अपने ही रूप से
उसकी पहचान हूँ मैं तुम्हारी तरह
जाने वालो ज़रा—

इस अनोखे जगत की मैं तक़दीर हूँ
मैं विधाता के हाथों की तस्वीर हूँ
एक तस्वीर हूँ
इस जहाँ के लिए
धरती माँ के लिए
शिव का वरदान हूँ मैं तुम्हारी तरह
जाने वालो ज़रा—

मन के अन्दर छिपाए मिलन की लगन
अपने सूरज से हूँ एक बिछड़ी किरण
एक बिछड़ी किरण
फिर रहा हूँ भटकता
मैं यहाँ से वहाँ
और परेशान हूँ मैं तुम्हारी तरह
जाने वालो ज़रा—

मेरे पास आओ छोड़ो ये सारा भरम
जो मेरा दुख वो ही है तुम्हारा भी ग़म
तुम्हारा भी ग़म
देखता हूँ तुम्हें
जानता हूँ तुम्हें
लाख अनजान हूँ मैं तुम्हारी तरह
जाने वालो ज़रा—

दिल जो न कह सका

भीगी रात [1965]

दिल जो न कह सका
वोही राज़े-दिल
कहने की रात आई
दिल जो न कह सका—

नग़मा-सा कोई जाग उठा बदन में
झनकार की-सी थरथरी है तन में
मुबारक तुम्हें किसी की
लरज़ती-सी बाँहों में
रहने की रात आई
दिल जो न कह सका—

तौबा ये किसने अंजुमन सजा के
टुकड़े किए हैं ग़ुंचाए-वफ़ा के
उछालो गुलों के टुकड़े
कि रंगी फ़िज़ाओं में
रहने की रात आई
दिल जो न कह सका—

चलिए मुबारक जश्न दोस्ती का
दामन तो थामा आपने किसी का
हमें तो ख़ुशी यही है
तुम्हें भी किसी को अपना
कहने की रात आई
दिल जो न कह सका—

साग़र उठाओ दिल का किसको ग़म है
आज दिल की क़ीमत जाम से भी कम है
पियो चाहे ख़ूने-दिल हो
कि पीते-पिलाते ही

रहने की रात आई
दिल जो न कह सका—

नग़मा-सा कोई जाग उठा बदन में
झनकार की-सी थरथरी है तन में
प्यार की इन्हीं धड़कती
फ़िज़ाओं में रहने की
रहने की रात आई
दिल जो न कह सका—

अब तक दबी थी एक मौजे-अरमाँ
लब तक जो आई बन गई है तूफ़ाँ
बात प्यार की बहकती
बहकती निगाहों से
कहने की रात आई
दिल जो न कह सका—

गुज़रे न ये शब खोल दूँ ये ज़ुल्फ़ें
तुमको छुपा लूँ मूँद के ये पलकें
बेक़रार-सी लरज़ती
लरज़ती-सी छाँव में
रहने की रात आई
दिल जो न कह सका—

ये है रेशमी ज़ुल्फ़ों का अँधेरा न घबराइए

मेरे सनम [1965]

ये है रेशमी ज़ुल्फ़ों का अँधेरा न घबराइए
जहाँ तक महक है मेरे गेसुओं की चले आइए

सुनिए तो ज़रा जो हक़ीक़त है कहते हैं हम
खुलते रुकते इन रंगीं लबों की क़सम
जल उठेंगे दीये जुगनुओं की तरह
जी तब्बसुम तो फ़रमाइए
ये है रेशमी ज़ुल्फ़ों का अँधेरा न घबराइए

प्यासी है नज़र ये भी कहने की है बात क्या
तुम हो मेहमाँ तो न ठहरेगी ये रात क्या
रात जाये रहे आप दिल में मेरे
अरमाँ बनके रह जाइए
ये है रेशमी ज़ुल्फ़ों का अँधेरा न घबराइए

पुकारता चला हूँ मैं

मेरे सनम [1965]

पुकारता चला हूँ मैं
गली-गली बहार की
बस एक छाँव ज़ुल्फ़ की
बस इक निगाह प्यार की
पुकारता चला हूँ मैं

ये दिल्लगी ये शोख़ियाँ सलाम की
यही तो बात हो रही है काम की
कोई तो मुड़ के देख लेगा इस तरह
कोई नज़र तो होगी मेरे नाम की
पुकारता चला हूँ मैं—

सुनी मेरी सदा तो किस यक़ीन से
घटा उतर के आ गई ज़मीन पे
रही यही लगन तो अय दिले-जवाँ
असर भी हो रहेगा इक हसीन पे
पुकारता चला हूँ मैं—

जाइए आप कहाँ जाएँगे

मेरे सनम [1965]

जाइए आप कहाँ जाएँगे
ये नज़र लौट के फिर आएगी
दूर तक आपके पीछे-पीछे
मेरी आवाज़ चली जाएगी
जाइए आप कहाँ जाएँगे—

आपको प्यार मेरा याद जहाँ आएगा
कोई काँटा वहीं दामन से लिपट जाएगा
जाइए आप कहाँ जाएँगे—

जब उठोगे मेरी बेताब निगाहों की तरह
रोक लेगी कोई डाली मेरी बाँहों की तरह
जाइए आप कहाँ जाएँगे—

देखिए चैन मिलेगा न कहीं दिल के सिवा
आपका कोई नहीं कोई नहीं दिल के सिवा
जाइए आप कहाँ जाएँगे—

दिल का दीया जला के गया

आकाशदीप [1965]

दिल का दीया जला के गया
ये कौन मेरी तनहाई में
सोये नग़मे जाग उठ्ठे
होंटों की शहनाई में
दिल का दीया जला के गया
ये कौन मेरी तनहाई में—

प्यार अरमानों का दर खटकाए
ख़्वाब जागी आँखों से मिलने को आए
कितने साये डोल पड़े
सूनी-सी अँगनाई में
दिल का दीया जला के गया
ये कौन मेरी तनहाई में—

एक ही नज़र में निखर गई मैं तो
आईना जो देखा सँवर गई मैं तो
तन पे उजाला फैल गया
पहली ही अँगड़ाई में
दिल का दीया जला के गया
ये कौन मेरी तनहाई में—

काँपते लबों को मैं खोल रही हूँ
बोल वही जैसे कि बोल रही हूँ
बोल जो डूबे-से हैं कहीं
इस दिल की गहराई में
दिल का दीया जला के गया
ये कौन मेरी तनहाई में—

मुझे दर्दे-दिल का पता न था

आकाशदीप [1965]

मुझे दर्दे-दिल का पता न था
मुझे आप किसलिए मिल गए
मैं अकेले यूँ भी मज़े में था
मुझे आप किसलिए मिल गए—

यूँ ही अपने-अपने सफ़र में गुम
कहीं दूर मैं कहीं दूर तुम
चले जा रहे थे जुदा-जुदा
मुझे आप किसलिए मिल गए—

मैं ग़रीब हाथ बढ़ा तो दूँ
तुम्हें पा सकूँ कि ना पा सकूँ
मेरी जाँ बहुत है ये फ़ासला
मुझे आप किसलिए मिल गए—

न मैं चाँद हूँ किसी शाम का
न चिराग़ हूँ किसी बाम का
मैं तो रास्ते का हूँ एक दीया
मुझे आप किसलिए मिल गए—

आ जा रे मेरे प्यार के राही

ऊँचे लोग [1965]

आ जा रे मेरे प्यार के राही
राह निहारूँ बड़ी देर से
आ जा रे—

जो चाँद बुलाये मैं तो नहीं बोलूँ
जो सूरज आये आँख नहीं खोलूँ
मूँद के नैना मैं तिहारी
राह निहारूँ बड़ी देर से
आ जा रे—

कहाँ है बसा दे तन की ख़ुशबू से
घटा से मैं खेलूँ ज़ुल्फ़ तेरी छू के
रूप का तेरे मैं पुजारी
राह निहारूँ बड़ी देर से
आ जा रे—

कहीं भी रहूँगी मैं हूँ तेरी छाया
तुझे मैंने पाके फिर भी नहीं पाया
देख मैं तेरी प्रीत की मारी
राह निहारूँ बड़ी देर से
आ जा रे—

जाग दिले-दीवाना

ऊँचे लोग [1965]

जाग दिले-दीवाना
रुत जागी वस्ले-यार की
बसी हुई ज़ुल्फ़ में
आई है सबा प्यार की
जाग दिले-दीवाना—

दो दिल के कुछ लेके पयाम आई है
चाहत के कुछ लेके सलाम आई है
दर पे तेरे सुब्ह खड़ी
हुई है दीदार की
जाग दिले-दीवाना
रुत जागी वस्ले-यार की
जाग दिले-दीवाना—

एक परी कुछ शाद-सी नाशाद-सी
बैठी हुई शबनम में तेरी याद की
भीग रही होगी कहीं
कली-सी गुलज़ार की
जाग दिले-दीवाना
रुत जागी वस्ले-यार की
जाग दिले-दीवाना—

आ मेरे दिल अब ख़्वाबों से मुँह मोड़ के
बीती हुई सब रातें यहीं छोड़ दे
तेरे तो दिन-रात हैं
अब आँखों में दिलदार की
जाग दिले-दीवाना
रुत जागी वस्ले-यार की
जाग दिले-दीवाना—

ठहरिए होश में आ लूँ तो चले जाइएगा

मुहब्बत इसको कहते हैं [1965]

ठहरिए होश में आ लूँ तो चले जाइएगा
आपको दिल में बिठा लूँ तो चले जाइएगा

कब तलक रहिएगा यूँ दूर की चाहत बनके
दिल में आ जाइए इक़रारे-मुहब्बत बनके
अपनी तक़दीर बना लूँ तो चले जाइएगा
आपको दिल में बिठा लूँ तो चले जाइएगा

मुझको इक़रारे-मुहब्बत से हया आती है
बात कहते हुए गरदन मेरी झुक जाती है
देखिए सर को झुका लूँ तो चले जाइएगा
आपको दिल में बिठा लूँ तो चले जाइएगा

ऐसी क्या शर्म ज़रा पास तो आने दीजे
रुख़ से बिखरी हुई ज़ुल्फ़ें तो हटाने दीजे
प्यास आँखों की बुझा लूँ तो चले जाइएगा
ठहरिए होश में आ लूँ तो चले जाइएगा
आपको दिल में बिठा लूँ तो चले जाइएगा

ऐसे तो न देखो कि हमको नशा हो जाए

तीन देवियाँ [1965]

ऐसे तो न देखो कि हमको नशा हो जाए
ख़ूबसूरत-सी कोई हमसे ख़ता हो जाए
ऐसे तो न देखो—

तुम हमें रोको फिर भी हम ना रुकें
तुम कहो काफ़िर फिर भी ऐसे झुकें
क़दमे-नाज़ पे इक सजदा अदा हो जाए
ऐसे तो न देखो—

यूँ ना हो आँखें रहें काजल घोले
बढ़के बेख़ुदी हसीं गेसू खोले
खुलके फिर ज़ुल्फ़े-सियाह काली बला हो जाए
ऐसे तो न देखो—

हम तो मस्ती में जाने क्या-क्या कहें
लबे-नाज़ुक से ऐसा ना हो तुम्हें
बेक़रारी का गिला हमसे सिवा हो जाए
ऐसे तो न देखो—

लिखा है तेरी आँखों में किसका अफ़साना

तीन देवियाँ [1965]

लिखा है तेरी आँखों में किसका अफ़साना
अगर इसे समझ सको मुझे भी समझाना
लिखा है तेरी आँखों में किसका अफ़साना—

जवाब-सा किसी तमन्ना का
लिखा तो है मगर अधूरा-सा
कैसे न हो मेरी हर बात अधूरी
अभी हूँ आधा दीवाना
लिखा है तेरी आँखों में किसका अफ़साना—

जो कुछ नहीं तो ये इशारे क्यूँ
ठहर गए मेरे सहारे क्यूँ
थोड़ा-सा हसीनों का सहारा ले के चलना
है मेरी आदत रोज़ाना
लिखा है तेरी आँखों में किसका अफ़साना—

यहाँ-वहाँ फ़िज़ा में आवारा
अभी तलक ये दिल है बेचारा
दिल को तेरे तो हम ख़ाक न समझें
तुझी को हमने पहचाना
लिखा है तेरी आँखों में किसका अफ़साना—

ख़्वाब हो तुम या कोई हक़ीक़त

तीन देवियाँ [1965]

ख़्वाब हो तुम या कोई हक़ीक़त
कौन हो तुम बतलाओ
देर से कितनी दूर खड़ी हो
और क़रीब आ जाओ
ख़्वाब हो तुम या कोई हक़ीक़त—

सुब्ह पे जिस तरह शाम का हो गुमाँ
ज़ुल्फ़ों में एक चेहरा कुछ ज़ाहिर कुछ निहाँ
ख़वाब हो तुम या कोई हक़ीक़त—

धड़कनों ने सुनी इक सदा पाँव की
और दिल पे लहराई आँचल की छाँव-सी
ख़्वाब हो तुम या कोई हक़ीक़त—

मिल ही जाती हो तुम मुझको हर मोड़ पे
चल देती हो कितने अफ़साने छोड़ के
ख़्वाब हो तुम या कोई हक़ीक़त—

फिर पुकारो मुझे फिर मेरा नाम लो
गिरता हूँ फिर अपनी बाँहों में थाम लो
ख़्वाब हो तुम या कोई हक़ीक़त—

रहें न रहें हम

ममता [1966]

रहें न रहें हम
महका करेंगे
बनके कली
बाग़े-वफ़ा में—

मौसम कोई हो इस चमन में
रंग बनके रहेंगे हम ख़िरामाँ
चाहत की ख़ुशबू यूँ ही ज़ुल्फ़ों
से उड़ेगी ख़िज़ाँ हो या बहाराँ
यूँ ही झूमते और
खिलते रहेंगे
बनके कली
बनके सबा
बाग़े-वफ़ा में—

खोये हम ऐसे क्या है मिलना
क्या बिछड़ना नहीं है याद हमको
कूचे में दिल के जब से आए
सिर्फ़ दिल की ज़मीं है याद हमको
इसी सरज़मीं पे
हम तो रहेंगे
बनके कली
बनके सबा
बाग़े-वफ़ा में—

जब हम न होंगे जब हमारी
ख़ाक पे तुम रुकोगे चलते-चलते
अश्कों से भीगी चाँदनी में
इक सदा-सी सुनोगे चलते-चलते
वहीं पे कहीं हम

तुमसे मिलेंगे
बनके कली
बनके सबा
बाग़े-वफ़ा में—

ये ख़ूबसूरत ये नज़ारे
ये बहारें हमारे दम-क़दम से
ज़िन्दा हुई है फिर जहाँ में
आज इश्क़ो-वफ़ा की रस्म हमसे
यूँ ही इस चमन की
ज़ीनत रहेंगे
बनके कली
बनके सबा
बाग़े वफ़ा में—

रहते थे कभी जिनके दिल में...

ममता [1966]

रहते थे कभी जिनके दिल में हम जान से भी प्यारों की तरह
बैठे हैं उन्हीं के कूचे में हम आज गुनहगारों की तरह

दावा था जिन्हें हमदर्दी का ख़ुद आके न पूछा हाल कभी
महफ़िल में बुलाया है हमपे हँसने को सितमगारों की तरह

बरसों के सुलगते तन-मन पर अश्कों के तो छींटे दे न सके
तपते हुए दिल के ज़ख़्मों पर बरसे भी तो अंगारों की तरह

सौ रूप भरे जीने के लिए बैठे हैं हज़ारों ज़हर पिये
ठोकर न लगाना हम ख़ुद हैं गिरती हुई दीवारों की तरह

छुपा लो यूँ दिल में प्यार मेरा

ममता [1966]

छुपा लो यूँ दिल में प्यार मेरा
कि जैसे मन्दिर में लौ दीये की—

तुम अपने चरणों में रख लो मुझको
तुम्हारे चरणों का फूल हूँ मैं
मैं सर झुकाए खड़ी हूँ प्रीतम
कि जैसे मन्दिर में लौ दीये की—

ये सच है जीना था पाप तुम बिन
ये पाप मैंने किया है अब तक
मगर है मन में छवि तुम्हारी
कि जैसे मन्दिर में लौ दीये की—

फिर आग विरहा की मत लगाना
कि जल के मैं राख हो चुकी हूँ
ये राख माथे पे मैंने रख ली
कि जैसे मंदिर में लौ दीये की—

ओ हसीना ज़ुल्फ़ोंवाली जाने-जहाँ

तीसरी मंज़िल [1966]

ओ हसीना ज़ुल्फ़ोंवाली जाने-जहाँ
ढूँढ़ती है क़ाफ़िर आँखें किसका निशाँ
महफ़िल-महफ़िल अय शमा फिरती हो कहाँ
वो अनजाना ढूँढ़ती हूँ वो दीवाना ढूँढ़ती हूँ
जलाकर जो छिप गया है वो परवाना ढूँढ़ती हूँ
ओ हसीना ज़ुल्फ़ोंवाली जाने-जहाँ—

गर्म हैं तेज़ हैं ये निगाहें मेरी
काम आ जाएँगी सर्द आहें मेरी
तुम किसी राह में तो मिलोगे कहीं
इश्क़ हूँ मैं कहीं ठहरता ही नहीं
मैं भी हूँ गलियों की परछाईं कभी यहाँ कभी वहाँ
शाम ही से कुछ हो जाता है मेरा भी जादू जवाँ
ओ हसीना ज़ुल्फ़ोंवाली जाने-जहाँ—

छिप रहे हैं ये क्या ढंग है आपका
आज तो कुछ नया रंग है आपका
आज की रात मैं क्या से क्या हो गई
आपकी सादगी तो बला हो गई
मैं भी हूँ गलियों की परछाईं कभी यहाँ कभी वहाँ
शाम ही से कुछ हो जाता है मेरा भी जादू जवाँ
ओ हसीना ज़ुल्फ़ोंवाली जाने-जहाँ—

ठहरिए तो सही कहिए क्या नाम है
मेरी बदनामियों का वफ़ा नाम है
क़त्ल करके चले ये वफ़ा ख़ूब है
हाय नादाँ तेरी ये अदा ख़ूब है
मैं भी हूँ गलियों की परछाईं कभी यहाँ कभी वहाँ
शाम ही से कुछ हो जाता है मेरा भी जादू जवाँ
ओ हसीना ज़ुल्फ़ोंवाली जाने-जहाँ—

आजा आजा मैं हूँ प्यार तेरा

तीसरी मंज़िल [1966]

आजा आजा मैं हूँ प्यार तेरा
अल्ला अल्ला इनकार तेरा
हो आ जा ह ह आ जा हा हा हा आजा
ह ह आ जा ह ह ह आ जा ह ह आ—

तुमपे हज़ारों की आँखें
चाहिए तुमको सहारा
पलकों में आओ छुपा लूँ
नाज़ुक तन है तुम्हारा
हो आजा ह ह आ जा हा हा हा आ जा
ह ह आ जा हा हा हा आजा
ह ह आजा ह ह ह आ जा ह ह आ—

मेरा ख़याल तुझे है
मैंने अभी यही जाना
सच्चा है प्यार कि झूटा
ये है मुझे आज़माना
हो आ जा ह ह आ जा हा हा हा आ जा
ह ह आ जा हा हा हा आ जा
हह आ जा ह ह ह आजा ह ह आ—

रखना था दिल पे हमारे
हाथ छुड़ा के चली हो
जी हाँ ज़रा ये भी कहिए
आग लगा के चली हो
हो आजा ह ह आ जा हा हा हा आ जा
ह ह आ जा हा हा हा आ जा
ह ह आ जा ह ह ह आ जा ह ह आ—

ओ मेरे सोना रे सोना रे सोना रे

तीसरी मंज़िल [1966]

ओ मेरे सोना रे सोना रे सोना रे
दे दूँगी जान जुदा मत होना रे
मैंने तुझे ज़रा देर में जाना
हुआ क़ुसूर ख़फ़ा मत होना रे
ओ मेरे सोना रे सोना रे सोना—

ओ मेरी बाँहों से निकल के
तू अगर मेरे रस्ते से हट जाएगा
तो लहरा के हो बल खा के
मेरा साया तेरे तन से लिपट जाएगा
तुम छुड़ाओ लाख दामाँ
छोड़ते हैं कब ये अरमाँ
कि मैं भी साथ रहूँगी रहोगे जहाँ
ओ मेरा सोना रे सोना रे सोना—

ओ मियाँ हमसे न छिपाओ
हो बनावट की सारी अदाएँ लिये
कि तुम इससे हो इतराते
कि मैं पीछे हूँ सौ इल्तजाएँ लिये
जी मैं ख़ुश हूँ मेरा सोना
झूट है क्या सच कहो ना
कि मैं भी साथ रहूँगी रहोगे जहाँ
ओ मेरे सोना रे सोना रे सोना—

ओ फिर हमसे न उलझना
नहीं लट और उलझन में पड़ जाएगी
ओ पछताओगी कुछ ऐसे
कि ये सुर्ख़ी लबों की उतर जाएगी
ये सज़ा तुम भूल न जाना
प्यार को ठोकर मत लगाना
कि चला जाऊँगा फिर मैं न जाने कहाँ
ओ मेरे सोना रे सोना रे सोना—

दीवाना मुझ-सा नहीं इस अम्बर के नीचे

तीसरी मंज़िल [1966]

दीवाना मुझ-सा नहीं इस अम्बर के नीचे
आगे है क़ातिल मेरा और मैं पीछे-पीछे—

पाया है दुश्मन को जब से प्यार के क़ाबिल
तब से ये आलम है रस्ता याद न मंज़िल
नींद में जैसे चलता है कोई चलना यूँ ही आँखें मींचे
दीवाना मुझसा नहीं इस अम्बर के नीचे—

हमने भी रख दी हैं कल पे कल की बातें
जीवन का हासिल है पल दो पल की बातें
दो ही घड़ी को साथ रहेगा करना क्या है तनहा जीके
दीवाना मुझ-सा नहीं इस अम्बर के नीचे—

ये दिल न होता बेचारा

ज्वेल थीफ़ [1967]

ये दिल न होता बेचारा
क़दम न होते आवारा
जो ख़ूबसूरत कोई अपना
हमसफ़र होता
ये दिल न होता बेचारा—

सुना जब से ज़माने हैं बहार के
हम भी आए हैं राही बनके प्यार के
कोई न कोई बुलाएगा
खड़े हैं हम भी राहों में
ये दिल न होता बेचारा—

माना उसको नहीं मैं पहचानता
बन्दा उसका पता भी नहीं जानता
मिलना लिखा है तो आएगा
खड़े हैं हम भी राहों में
ये दिल न होता बेचारा—

उसकी धुन में पड़ेगा दुख झेलना
सीखा हमने भी पत्थरों से खेलना
सूरत कभी तो दिखाएगा
पड़े हैं हम भी राहों में
ये दिल न होता बेचारा—

आसमाँ के नीचे

ज्वेल थीफ़ [1967]

आसमाँ के नीचे
हम आज अपने पीछे
प्यार का जहाँ बसा के चले
क़दम के निशाँ बना के चले
आसमाँ के नीचे—

तुम चले तो फूल जैसे आँचल के रंग से
सज गईं राहें सज गईं राहें
पास आओ मैं पिनहा दूँ चाहत का हार ये
खुली-खुली बाँहें खुली-खुली बाँहें
जिसका हो आँचल ख़ुद ही चमन
कहिए वो क्यूँ हार बाँहों के डाले
आसमाँ के नीचे—

बोलती हैं आज आँखें कुछ भी न आज तुम
कहने दो हमको कहने दो हमको
बेख़ुदी बढ़ती चली है अब तो ख़ामोश ही
रहने दो हमको रहने दो हमको
इक बार एक बार मेरे लिए
कह दो खनकें लाल होंटों के प्याले
आसमाँ के नीचे—

साथ मेरे चलके देखो आई हैं धूम से
अबकी बहारें अबकी बहारें
हर गली हर मोड़ पे वो दोनों के नाम से
हमको पुकारें तुमको पुकारें
कह दो बहारों से आएँ इधर
उन तक उठकर हम नहीं जाने वाले
आसमाँ के नीचे—

वो हैं ज़रा

शागिर्द [1967]

वो हैं ज़रा
ख़फ़ा-ख़फ़ा
तो नैन यूँ चुराए हैं कि हो हो हो हो हो—

हँस रही है चाँदनी
मचल के रो न दूँ कहीं
ऐसे कोई रूठता नहीं
ये तेरा ख़याल है
क़रीब आ मेरे हसीं
मुझको तुझसे कुछ गिला नहीं
बात यूँ बनाए हैं कि हो हो हो हो हो
न बोल दूँ
तो क्या करूँ
वो हँस के यूँ बुलाए हैं कि हो हो हो हो हो—

फूल को महक मिले
ये रात रंग में ढले
मुझपे तेरी ज़ुल्फ़ गर खुले
तुम ही मेरे संग हो
गगन की छाँव के तले
ये रुत यूँ ही भोर तक चले
प्यार यूँ जताए हैं कि हो हो हो हो हो—

ऐसे मत सताइए
ज़रा तरस तो खाइए
दिल की धड़कन मत जगाइए
कुछ नहीं कहूँगा मैं
न अँखड़ियाँ झुकाइए
सर को काँधे से उठाइए
ऐसी नींद आए है कि हूऊँ हूऊँ हूऊँ हूऊँ हूऊँ
वो हैं ज़रा—

दिल ले लिया तो इसको मत बेक़रार करना

शागिर्द [1967]

दिल ले लिया तो इसको मत बेक़रार करना
इसका कोई नहीं है इस दिल को प्यार करना
अइ़या अइया अइया
दिल-विल प्यार-व्यार
मैं क्या जानूँ रे
जानूँ तो जानूँ बस इतना
कि मैं तुझे
अपना जानूँ रे
दिल-विल प्यार-व्यार—

तू है बुरा तो होगा
पर बातों में तेरी रस है
जैसा भी है मुझे क्या
अपना लगे तो बस है
घर हो तेरा जिस नगरी में
चाहे जो हो तेरा नाम रे
घर-वर नाम-वाम
मैं क्या जानूँ रे
जानूँ तो जानूँ इस इतना
कि मैं तुझे
अपना जानूँ रे
दिल-विल प्यार-व्यार—

आदत नहीं कि सोचूँ
कितनों में हसीन है तू
लट में हैं कितने घूँघर
नयनों में कितना जादू
बस तू मोहे अच्छा लागे
इतने ही से मुझको काम रे
लट-वट नैन-वैन

मैं क्या जानूँ रे
जानूँ तो जानूँ बस इतना
कि मैं तुझे
अपना जानूँ रे
दिल-विल प्यार-व्यार—

कुछ जानती तो कहती
रुत बन करके मैं खिली हूँ
डाली-सी झूमती मैं
साजन से आ मिली हूँ
तू ही जाने रुत है कैसी
और है कितनी रंगीं शाम रे
रुत-वुत शाम-वाम
मैं क्या जानूँ रे
जानूँ तो जानूँ बस इतना
कि मैं तुझे
अपना जानूँ रे
दिल विल प्यार-व्यार—

पत्थर के सनम तुझे हमने मुहब्बत का ख़ुदा जाना

पत्थर के सनम [1967]

पत्थर के सनम तुझे हमने मुहब्बत का ख़ुदा जाना
बड़ी भूल हुई अरे हमने ये क्या समझा ये क्या जाना
पत्थर के सनम—

चेहरा तेरा दिल में लिये चलते रहे अंगारों पे
तू हो कहीं सजदे किये हमने तेरे रुख़सारों पे
हम-सा न हो कोई दीवाना
पत्थर के सनम—

सोचा था ये बढ़ जाएँगी तनहाइयाँ जब रातों की
रस्ता हमें दिखलाएँगी शम्मे-वफ़ा उन हाथों की
ठोकर लगी तब पहचाना
पत्थर के सनम—

अय काश कि होती ख़बर तूने किसे ठुकराया है
शीशा नहीं साग़र नहीं मन्दिर-सा इक दिल ढाया है
ता आसमाँ है वीराना
पत्थर के सनम—

ज़माने ने मारे जवाँ कैसे-कैसे

बहारों के सपने [1967]

ज़माने ने मारे जवाँ कैसे-कैसे
ज़मीं खा गई आसमाँ कैसे-कैसे—

पले थे जो कल रंग में फूल में
कहीं खो गए राह की धूल में
हुए दर-ब-दर कारवाँ कैसे-कैसे
ज़माने ने मारे जवाँ कैसे-कैसे
ज़मीं खा गई आसमाँ कैसे-कैसे—

हज़ारों के तन जैसे शीशे हों चूर
जला धूप में कितनी आँखों का नूर
हैं चेहरों पे ग़म के निशाँ कैसे-कैसे
ज़माने ने मारे जवाँ कैसे-कैसे
ज़मीं खा गई आसमाँ कैसे-कैसे—

थी आबाद जिनसे चमन की गली
वो लेकर गए ख़्वाब की हर कली
मिले ख़ाक में गुलिस्ताँ कैसे-कैसे
ज़माने ने मारे जवाँ कैसे-कैसे
ज़मीं खा गई आसमाँ कैसे-कैसे

लहू बनके बहने दो आँसू तमाम
कि होगा इन्हीं से बहारों का नाम
बनेंगे अभी आशियाँ कैसे-कैसे
ज़माने ने मारे जवाँ कैसे-कैसे
ज़मीं खा गई आसमाँ कैसे-कैसे—

आजा पिया तोहे प्यार दूँ

बहारों के सपने [1967]

आजा पिया तोहे प्यार दूँ
गोरी बइयाँ तोपे वार दूँ
किसलिए तू इतना उदास
सूखे-सूखे होंट अँखियों में प्यास
किसलिए किसलिए
आजा पिया—

जल चुके हैं बदन कई
पिया इसी रात में
थके हुए इन हाथों को
दे दे मेरे हाथ में
सुख मेरा ले ले
मैं दुख तेरे ले लूँ
मैं भी जीऊँ तू भी जीये
आजा पिया—

होने दे रे जो ये ज़ुल्मी हैं
पथ तेरे गाँव के
पलकों से चुन डालूँगी मैं
काँटे तेरे पाँव के
लट बिखराए
चुनरिया बिछाए
बैठी हूँ मैं तेरे लिए
आजा पिया—

अपनी तो जब अँखियों से
बह चली धार-सी
खिल पड़ी वहीं एक हँसी
पिया तेरे प्यार की
मैं जो नहीं हारी

सजन ज़रा सोचो
किसलिए किसलिए
आजा पिया—

हुस्ने-जाना इधर आ

साथी [1968]

हुस्ने-जाना इधर आ
आईना हूँ मैं तेरा
मैं सँवारूँगा तुझे
सारे ग़म दे दे मुझे
भीगी पलकें न झुका
आईना हूँ मैं तेरा—

कितने ही दाग़ उठाए तूने
मेरे दिन-रात सजाए तूने
चूम लूँ आ मैं तेरी पलकों को
दे दूँ ये उम्र तेरी ज़ुल्फ़ों को
लेके आँखों के दीये
मुस्करा मेरे लिए
मेरी तस्वीरे-वफ़ा
आईना हूँ मैं तेरा—

तेरी चाहत है इबादत मेरी
देखता रहता हूँ सूरत तेरी
घर तेरे दम से है मन्दिर मेरा
तू है देवी मैं पुजारी तेरा
सजदे सौ बार करूँ
आ तुझे प्यार करूँ
मेरी आगोश में आ
आईना हूँ मैं तेरा—

छलकायें जाम

मेरे हमदम मेरे दोस्त [1968]

छलकायें जाम
आइए आपकी
आँखों के नाम
होंटों के नाम
छलकायें जाम—

फूल जैसे तन पे जलवे
ये रंगो बू के
आज जामे-मय उठे इन
होंटों को छू के
लचकाइए शाख़े-बदन
महकाइए ज़ुल्फ़ों की शाम
छलकायें जाम—

आप ही का नाम लेकर
पी है सभी ने
आप पर धड़क रहे हैं
प्यालों के सीने
यहाँ अनजबी कोई नहीं
ये है आपकी महफ़िल तमाम
छकलायें जाम—

कौन हर किसी की बाँहें
बाँहों में डाले
जो नज़र नशा पिलाए
वो ही सँभाले
दुनिया को हो औरों की धुन
हमको तो है साक़ी से काम
छलकायें जाम—

वादियाँ मेरा दामन

अभिलाषा [1968]

वादियाँ मेरा दामन
रास्ते मेरी बाँहें
जाओ मेरे सिवा
तुम कहाँ जाओगे
वादियाँ मेरा दामन—

जब चुराओगे तन तुम किसी बात से
शाख़े-गुल छेड़ देगी मेरे हाथ से
अपनी ही ज़ुल्फ़ को
और उलझाओगे
वादियाँ मेरा दामन—

जब से मिलने लगीं तुमसे राहें मेरी
चाँद-सूरज बनीं दो निगाहें मेरी
तुम कहीं भी रहो
तुम नज़र आओगे
वादियाँ मेरा दामन—

जब हँसेगी कली रंग वाली कोई
और झुक जाएगी तुमपे डाली कोई
सर झुकाए हुए
तुम मुझे पाओगे
वादियाँ मेरा दामन—

चल रहे हो जहाँ इस नज़र से परे
वो डगर तो गुज़रती है दिल से मेरे
डगमगाते हुए
तुम यहीं आओगे
वादियाँ मेरा दामन—

तेरी आँखों के सिवा दुनिया में रखा क्या है

चिराग़ [1969]

तेरी आँखों के सिवा दुनिया में रखा क्या है

—यह मिसरा शायर फ़ैज़ अहमद फ़ैज़ का है।

तेरी आँखों के सिवा दुनिया में रखा क्या है
ये उठें सुबह चले
ये झुकें शाम ढले
मेरा जीना मेरा मरना
इन्हीं पलकों के तले
तेरी आँखों के सिवा दुनिया में रखा क्या है—

पलकों की गलियों में चेहरे बहारों के हँसते हुए
हैं मेरे ख़्वाबों के क्या-क्या नगर इनमें बसते हुए
ये उठें सुबह चले
ये झुकें शाम ढले
मेरा जीना मेरा मरना
इन्हीं पलकों के तले
तेरी आँखों के सिवा दुनिया में रखा क्या है—

इनमें मेरे आने वाले ज़माने की तस्वीर है
चाहत के काजल से लिखी हुई मेरी तक़दीर है
ये उठें सुबह चले
ये झुकें शाम ढले
मेरा जीना मेरा मरना
इन्हीं पलकों के तले
तेरी आँखों के सिवा दुनिया में रखा क्या है—

ये हों कहीं इनका साया मेरे दिल से जाता नहीं
इनके सिवा अब तो कुछ भी नज़र मुझको आता नहीं
ये उठें सुबह चले
ये झुकें शाम ढले

मेरा जीना मेरा मरना
इन्हीं पलकों के तले
तेरी आँखों के सिवा दुनिया में रखा क्या है—

ठोकर जहाँ मैंने खाई इन्होंने पुकारा मुझे
ये हमसफ़र हैं तो काफ़ी है इनका सहारा मुझे
ये उठें सुबह चले
ये झुकें शाम ढले
मेरा जीना मेरा मरना
इन्हीं पलकों के तले
तेरी आँखों के सिवा दुनिया में रखा क्या है—

एक तेरा साथ

वापस [1969]

एक तेरा साथ
हमको दो जहाँ से प्यारा है
तू है तो हर सहारा है
ना मिले संसार—
तेरा प्यार तो हमारा है
तू है तो हर सहारा है
एक तेरा साथ—

हम अकेले हैं
शहनाइयाँ चुप हैं
तो कंगना बोलता है
तू जो चलती है
छोटे से आँगन में
चमन-सा डोलता है
आज घर हमने
मिलन के रंग से सँवारा है
तू है तो हर सहारा है
ना मिले संसार
तेरा प्यार तो हमारा है
ना मिले संसार—

देख आँचल में
कई चाँदनी रुत के
नज़ारे भर गए हैं
नैन से तेरे
इस माँग में जैसे
सितारे भर गए हैं
प्यार ने इस रात को
आकाश से उतारा है
तू है तो हर सहारा है

एक तेरा साथ
हमको दो जहाँ से प्यारा है
एक तेरा साथ—

तेरे प्यार की
दौलत मिली हमको
तो जीना रास आया
तू नहीं आई
ये आसमाँ चलकर
ज़मीं के पास आया
हमको उल्फ़त ने
तेरी आवाज़ से पुकारा है
तू है तो हर सहारा है
एक तेरा साथ—

माँ

तलाश [1969]

माँ
मेरी दुनिया है माँ तेरे आँचल में
शीतल छाया तू दुख के जंगल में—

मेरी राहों के दीये
तेरी दो अँखियाँ
मुझे गीता से बड़ी
तेरी दो बतियाँ
युग में मिलता जो सो मिला है पल में
मेरी दुनिया है माँ तेरे आँचल में—

मैंने आँसू भी दिए
पर तू रोई ना
मेरी निंदिया के लिए
बरसों सोयी ना
ममता गाती रही ग़म की हलचल में
मेरी दुनिया है माँ तेरे आँचल में—

काहे ना धोके पीयें
ये चरण तेरे माँ
देवता प्याला लिये
दर पे खड़े माँ
अमृत सबका है इस गंगाजल में
मेरी दुनिया है माँ तेरे आँचल में—

कितनी अकेली कितनी तनहा-सी लगी

तलाश [1969]

कितनी अकेली कितनी तनहा-सी लगी
उनसे मिलके मैं आज
कितनी अकेली—

इस तरह खुले नयना
आए वो मेरे आगे
जिस तरह किसी गहरी
नींद से कोई जागे
अब जहान से दूर हूँ कहीं बैठी मैं अलबेली
कितनी अकेली—

काश वो मेरे बनके
पास यूँ कभी आते
खुलते द्वार बाँहों के
तन दीये-से जल जाते
प्यार के बिना है ये मन मेरा जैसे सूनी हवेली
कितनी अकेली—

ये कैसा ग़म सजना

प्यासी शाम [1969]

ये कैसा ग़म सजना
प्यासा दिन प्यासी शाम
आ तेरे होंटों से
लग जाऊँ बनके जाम
ये कैसा ग़म सजना—

शीशे में नशा है
मुझमें तेरा प्यार है
रंग उसमें मेरे चेहरे
पर तेरी बहार है
सैयाँ शीशा क्या है
बाँहें मेरी थाम
ये कैसा ग़म सजना—

हाय मेरे होते
रूह तेरी प्यासी
पोंछ दूँ आँचल बनके
आ मुखड़े की उदासी
सैयाँ सुख में दुख में
मुझको तुझसे काम
ये कैसा ग़म सजना—

मैं जलने ना दूँगी
तुझको ये ग़म लेके
पास तेरे आई हूँ मैं
प्यार की शबनम ले के
सैयाँ रब ने भेजा
मुझको तेरे नाम
ये कैसा ग़म सजना—

हो रामा

प्यार का मौसम [1969]

हो रामा
नी सुल्ताना रे
प्यार का मौसम आया
हाय रे हरी-हरी छाया
बोलो न बोलो मुख से गोरी चूड़ी तुमरी बोले
यही बतियाँ सुन-सुन के जिया मेरा डोले
नी सुल्ताना रे—

बलम बबुआ बेदर्दी सावन आया आजा
मिल जाएँ मोरे सइयाँ
जब तेरी बइयाँ
फिर घनी छइयाँ
मैं मचल के गाऊँ
सुने जा करूँ बैना
तब मिले चैना
तब हँसें नैना
जब तुझे मैं पाऊँ
पिया मोरा जिया तुझी से लागा
जीये कोई कैसे आ यही बता जा
बलम बबुआ बेदर्दी सावन आया आजा
नी सुल्ताना रे—

तुम बिन जाऊँ कहाँ

प्यार का मौसम [1969]

तुम बिन जाऊँ कहाँ
कि दुनिया में आके
कुछ न फिर चाहा सनम
तुमको चाह के
तुम बिन जाऊँ कहाँ—

रह भी सकोगे तुम कैसे
हो के मुझसे जुदा
हट जाएँगी दीवारें
सुन के मेरी सदा
आना होगा तुम्हें मेरे लिए
साथी मेरी सूनी राह के
तुम बिन जाऊँ कहाँ—

इतनी अकेली-सी पहले
थी यही दुनिया
तुमने नज़र जो मिलाई
बस गई दुनिया
दिल को मिली जो तुम्हारी लगन
दीये जल गए मेरी आह से
तुम बिन जाऊँ कहाँ—

देखो मुझे सर से क़दम तक
सिर्फ़ प्यार हूँ मैं
गले से लगा लो कि तुम्हारा
बेक़रार हूँ मैं
तुम क्या जानो कि भटकता फिरा
किस-किस गली तुमको चाह के
तुम बिन जाऊँ कहाँ—

अब है सनम हर मौसम
प्यार के क़ाबिल
पड़ी जहाँ छाँव हमारी
सज गई महफ़िल
महफ़िल क्या तनहाई में भी
लगता है जी तुमको चाह के
तुम बिन जाऊँ कहाँ—

मेरी नज़र में तो सिर्फ़ तुम हो
कुछ और मुझको पता नहीं है
तुम्हारी महफ़िल से उठ रहा हूँ
मगर कहीं रास्ता नहीं है—

कभी मेरे ग़म की कहानी
दिल से मत कहना
कहीं मेरी बात चले तो
सुनके चुप रहना
मेरा क्या है कट जाएगी कहीं
ये ज़िन्दगी तुमको चाह के
तुम बिन जाऊँ कहाँ—

जे हम-तुम चोरी से

धरती कहे पुकार के [1969]

जे हम-तुम चोरी से
बँधे एक डोरी से
जइयो कहाँ ए हजूर
अरे ई
बंधन है प्यार का
जे हम-तुम चोरी से—

कजरा वाली फिर तू
अइसे काहे निहारे
इ चितवन के गोरी
माने तो समझा जा रे
मतलबवा एक है
नयनन पुकार का
जे हम-तुम चोरी से—

देखो बादर आए
पवन के पुकारे
उल्फत मेरी जीती
अनाड़ी पिया हारे
आएगा रे मजा
अब जीत-हार का
जे हम-तुम चोरी से—

घूँघट में से मुखड़ा
दिखे अभी अधूरा
आ बइयाँ में आ जा
मिलन तो हो पूरा
ये मिलना तो नहीं
कुछ एक बार का
जे हम-तुम चोरी से—

हम हैं मताए-कूचा-ओ-बाज़ार की तरह

दस्तक [1970]

हम हैं मताए-कूचा-ओ-बाज़ार की तरह
उठती है हर निगाह ख़रीदार की तरह

वो तो कहीं हैं और मगर दिल के आसपास
फिरती है कोई शय निगहे-यार की तरह

मजरूह लिख रहे हैं वो अहले-वफ़ा का नाम
हम भी खड़े हुए हैं गुनहगार की तरह

चाँदनी रात बड़ी देर के बाद आई है

पाकीज़ा [1971]

चाँदनी रात बड़ी देर के बाद आई है
ये मुलाक़ात बड़ी देर के बाद आई है
आज की रात वो आए हैं बड़ी देर के बाद
आज की रात बड़ी देर के बाद आई है

ठाड़े रहियो
हो बाँके यार रे
ठाड़े रहियो ठाड़े रहियो ठाड़े रहियो हो
ठाड़े रहियो—

ठहरो लगाई आऊँ
नयनों में कजरा
चोटी में गूँध आऊँ
फूलों का गजरा
मैं तो कर आऊँ
सोलह-सिंगार रे
ठाड़े रहियो—

जागे न कोई
रैना है थोड़ी
बोले छमाछम
पायल निगोड़ी
अजी धीरे से
खोलूँगी द्वार रे
सैयाँ धीरे से
मैं तो चुपके से
अजी हौले से
खोलूँगी द्वार रे
सैयाँ धीरे से
खोलूँगी द्वार रे
ठाड़े रहियो—

रात कली एक ख़्वाब में आई

बुड्ढा मिल गया [1971]

रात कली एक ख़्वाब में आई
और गले का हार हुई
सुबह को जब हम नींद से जागे
आँख तुम्हीं से चार हुई
रात कली एक ख़्वाब में आई—

चाहे कहो इसे मेरी मोहब्बत
चाहे हँसी में उड़ा दो
ये क्या हुआ मुझे मुझको ख़बर नहीं
हो सके तुम्हीं बता दो
तुमने क़दम तो रखा ज़मीं पर
सीने में क्यूँ झंकार हुई
रात कली इक ख़्वाब में आई—

आँखों में काजल और लटों में
काली घटा का बसेरा
साँवली-सूरत मोहनी-मूरत
सावन रुत का सवेरा
जब से ये मुखड़ा दिल में खिला है
दुनिया मेरी गुलज़ार हुई
रात कली एक ख़्वाब में आई—

यूँ तो हसीनों के माहजबीनों के
होते हैं रोज़ नज़ारे
पर उन्हें देख के देखा है जब तुम्हें
तुम लगे और भी प्यारे
बाँहों में ले लूँ ऐसी तमन्ना
एक नहीं कई बार हुई
रात कली एक ख़्वाब में आई—

बात है इक बूँद-सी दिल के प्याले में

जल बिन मछली नृत्य बिन बिजली [1971]

बात है इक बूँद-सी दिल के प्याले में
आते-आते होंटों तक तूफ़ान न बन जाए
बात क्या अरमाँ वो क्या दिल के लिये
तूफ़ाँ में जो जीने का सामान न बन जाए—

राज़ है क्या ऐसा
देखो टालो ना
हम कोई ग़ैर हैं क्या
फिर कह डालो ना
है दिल की वो लहर ऐसी चंचल
जो इसे छेड़ा किसी मतवाले ने
आते-आते होंटों तक तूफ़ान न बन जाए—

मेरी आँखें पढ़िए
कुछ लिखा होगा
धड़कन सुनते हो
दिल सुनता होगा
वैसे तो है मेरे दिल में भी हलचल
फिर भी हलचल वो क्या दिल के लिए
तूफ़ाँ में जो जीने का सामान न बन जाए—

तुम कहाँ मैं कहाँ
हम तुम संग-संग हैं
धरती और अम्बर
दोनों एक रंग हैं
तुम हो मेरे कह दो जो ये अरमाँ
सुन लिया जो छुप के किसी दुनिया वाले ने
आते-आते होंटों तक तूफ़ान न बन जाए—

पत्ता-पत्ता बूटा-बूटा हाल हमारा जाने है

इक नज़र [1972]

*** पत्ता-पत्ता बूटा-बूटा हाल हमारा जाने है**
जाने न जाने गुल ही न जाने बाग़ तो सारा जाने है

—मीर तक़ी मीर

कोई किसी को चाहे तो क्यूँ गुनाह समझते हैं लोग
कोई किसी की ख़ातिर तड़पे अगर तो हँसते हैं लोग
बेगाना आलम है सारा
यहाँ तो कोई हमारा दर्द नहीं पहचाने है
पत्ता-पत्ता बूटा-बूटा हाल हमारा जाने है—

चाहत के गुल खिलेंगे चलती रहें हज़ार आँधियाँ
हम तो इसी चमन में बाँधेंगे प्यार का आशियाँ
ये दुनिया बिजली गिराए
ये दुनिया काँटे बिछाए इश्क़ मगर कब माने है
पत्ता-पत्ता बूटा-बूटा हाल हमारा जाने है—

दिखलाएँगे जहाँ को कुछ दिल जो ज़िन्दगानी है और
कैसे न हम मिलेंगे हमने भी दिल में ठानी है और
अभी मतवाले दिलों की
मुहब्बत वाले दिलों की बात कोई क्या जाने है
पत्ता-पत्ता बूटा-बूटा हाल हमारा जाने है—

---

* ये दोनों मिसरे मीर तक़ी मीर के हैं।

ओ मेरे दिल के चैन

मेरे जीवन साथी [1972]

ओ मेरे दिल के चैन
चैन आए मेरे दिल को दुआ कीजिए
ओ मेरे दिन के चैन—

अपना ही साया देखके तुम जाने-जहाँ शरमा गए
अभी तो ये पहली मंज़िल है तुम तो अभी से घबरा गए
मेरा क्या होगा
सोचो तो ज़रा
हाय ऐसे न आहें भरा कीजिए
ओ मेरे दिल के चैन—

आपका अरमाँ आपका नाम मेरा तराना और नहीं
इन झुकती पलकों के सिवा दिल का ठिकाना और नहीं
जँचता ही नहीं
आँखों में कोई
दिल तुमको ही चाहे तो क्या कीजिए
ओ मेरे दिल के चैन—

यूँ तो अकेला भी अक्सर गिर के सँभल सकता हूँ मैं
तुम जो पकड़ लो हाथ मेरा दुनिया बदल सकता हूँ मैं
माँगा है तुम्हें
दुनिया के लिए
अब ख़ुद ही सनम फैसला कीजिए
ओ मेरे दिल के चैन—

मेरी जाँ मेरी जाँ

दो चोर [1972]

मेरी जाँ मेरी जाँ
कहना मानो
दुश्मन हैं जहाँ
रुत पहचानो
कटेगी न ये डगर
बिना एक हमसफ़र
फिर क्यूँ ना बन्दे को
अपना ही जानो
मेरी जाँ मेरी जाँ—

कोई भी गाड़ी दुनिया में
एक पहिए से नहीं चलती
चले नहीं ज़िन्दगी बिन साथ के
देखो तुम्हारी पायल भी
एक घुँघरू से नहीं बजती
बजती हैं तालियाँ दो हाथ से
मेरे संग आ जाओ
बुरा मत मानो
मेरी जाँ मेरी जाँ—

मैं भी नहीं कुछ तुमसे कम
तुम जो नहीं रुकने वाले
ढंग मेरे हाथ में हैं और भी
तुमको हँसाकर छोड़ूँगा
तोड़ के होंटों के ताले
समझ लो मैं हूँ सनम दिल चोर भी
अपने जैसा
मुझे भी मानो
मेरी जाँ मेरी जाँ—

चाहे रहो दूर

दो चोर [1972]

चाहे रहो दूर
चाहे रहो पास
सुन लो मगर एक बात
एक डोर से
बँधोगी सनम
किसी दिन हमारे साथ
चाहे रहो दूर
चाहे रहो पास
सुन लो मगर एक बात
तुम इस गली
तो मैं उस गली
कि आऊँ कभी न हाथ
चाहे रहो दूर
चाहे रहो पास—

मेरे पीछे-पीछे
चले तो हो बाबू
पर ज़रा तिरछी है चाल
आशिक़ बनना
जाओ कहीं सीखो
तुम अभी दो-चार साल
चाहत के
क़ाबिल बन जाओ
फिर मैं करूँगी बात
चाहे रहो दूर
चाहे रहो पास—

ओ मेरी चंचल
पवन बसंती
करो नहीं यूँ बेक़रार

इन बाँहों में
आना है तुमको
आख़िर जाने-बहार
दिल थामे
आओगी फिर मैं
पूछूँगा तुमसे बात
चाहे रहो दूर
चाहे रहो पास—

रामपुर का बासी हूँ मैं लछमन मेरा नाम

रामपुर का लक्ष्मण [1972]

रामपुर का बासी हूँ मैं लछमन मेरा नाम
सीधी-सीधी बोली मेरी सीधा-साधा काम
पर हूँ बड़ा अलबेला
सौ के बराबर अकेला—

रुकना-झुकना मैं क्या जानूँ ए भाई
यार की यारी मुझको यहाँ तलक लाई
खेल-तमाशा मुझको मत समझो प्यारो
अभी तो परदा उठने में देर है यारो
तुम देखोगे उस रोज़ मुझे मैं अपनी
जान पे जिस दिन खेला—

प्यार-मुहब्बत में वैसे तो ढीला हूँ
लेकिन दिल का मैं भी बड़ा रंगीला हूँ
आँखों-आँखों ही में दिल पे लहराऊँ
उन होंटों की लाली उतार ले जाऊँ
कर दूँ पागल हो चाहे गाँव की गोरी
या कोई शहरी लैला—

सूट पहन के तुम देखो नक़ली सपना
मेरी धोती-कुरते पे सोच कर हँसना
खद्दर की छाया में भारत जागा है
इस लाठी से अंग्रेज़ डर के भागा है
ये अंग्रेज़ी फैसन-वैसन क्या जानूँ
मैं हूँ भारत का छैला—

हुँ ऊँ हुँ हुँ ऽऽऽ

रामपुर का लक्ष्मण [1972]

हुँ ऊँ हुँ हुँ ऽऽऽ
आँ? क्या कहा?
गुम है किसी के प्यार में दिल सुब्हा-शाम
पर तुम्हें लिख नहीं पाऊँ मैं उसका नाम
हाय राम हाय राम
कुछ लिखा?
हाँ
क्या लिखा?
गुम है किसी के प्यार में दिल सुब्हा-शाम
पर तुम्हें लिख नहीं पाऊँ मैं उसका नाम
हाय राम हाय राम
अच्छा! आगे क्या लिखूँ?
आगे?
सोचा है एक दिन मैं उससे मिलके
कह डालूँ अपने सब हाल दिल के
और कर दूँ जीवन उसके हवाले
फिर छोड़ दे चाहे अपना बना ले
मैं तो उसका रे हुआ दीवाना
अब तो जैसा भी मेरा हो अंजाम
गुम है किसी के प्यार में दिल सुब्हा-शाम
पर तुम्हें लिख नहीं पाऊँ मैं उसका नाम
हाय राम हाय राम
लिख लिया?
हाँ
ज़रा पढ़ के तो सुनाओ न
चाहा है तुमने जिस बावरी को
वो भी सजनवा चाहे तुम्हीं को
नैना उठाए तो प्यार समझो
पलकें झुका दे तो इक़रार समझो
रखती है कब से छुपा-छुपा के

क्या?
अपने होंटों में पिया तेरा नाम
गुम है किसी के प्यार में दिल सुब्हा-शाम
पर तुम्हें लिख नहीं पाऊँ मैं उसका नाम
हाय राम हाय राम

मुतू कोड़ी कवाड़ी हड़ा

दो फूल [1973]

मुतू कोड़ी कवाड़ी हड़ा
मुतू कोड़ी कवाड़ी हड़ा
अइयो रे
प्यार में जो ना करना चाहा
वो भी मुझे करना पड़ा
मुतू कोड़ी कवाड़ी हड़ा—

कहता था चाहूँ तुझको जी से
तू तो घबराता है अभी से
गल्ले लग जा रे फिर दिखा दूँ
धरती ऊपर है स्वर्ग नीचे
थोड़ा तो दुनिया से डर ले
ऐंडे कर ले ऐंडे कर ले
ना माने बेदर्दी अइयो ड़ा
मुतू कोड़ी कवाड़ी हड़ा—

कर देता है रे मुझे बेकल
सीने से गिरके तेरा आँचल
डगमग चलके ना गिर पड़ूँ मैं
मतवाले मुझको थाम के चल
सीना ताने बाँहें खोले
ऐसे ये मस्तानी डोले
डोले जैसे दारू का घड़ा
मुतू कोड़ी कवाड़ी हड़ा—

अब तो है तुमसे हर ख़ुशी अपनी

अभिमान [1973]

अब तो है तुमसे हर ख़ुशी अपनी
तुमपे मरना है ज़िन्दगी अपनी
अब तो है तुमसे हर ख़ुशी अपनी—

जब हो गया तुम पे ये दिल दीवाना
फिर चाहे जो भी कहे हमको ज़माना
कोई बनाए बातें चाहे अब जितनी
अब तो है तुमसे हर ख़ुशी अपनी—

तेरे प्यार में बदनाम दूर-दूर हो गए
तेरे साथ हम भी सनम मशहूर हो गए
देखो कहाँ ले जाए बेख़ुदी अपनी
अब तो है तुमसे हर ख़ुशी अपनी—

तेरे-मेरे मिलन की ये रैना

अभिमान [1973]

तेरे-मेरे मिलन की ये रैना
नया कोई गुल खिलाएगी
तभी तो चंचल हैं तेरे नैना
देखो ना देखो ना
तेरे-मेरे मिलन की ये रैना—

नन्हा-सा गुल खिलेगा अँगना
सूनी बइयाँ सजेगी सजना
जैसे खेले चन्दा बादल में
खेलेगा वो तेरे आँचल में
चँदनिया गुनगनाएगी
तभी तो चंचल हैं तेरे नैना
देखो ना देखो ना
तेरे-मेरे मिलन की ये रैना—

तुझे थामे कई हाथों से
मिलूँगा मद-भरी रातों से
जगा के अनसुनी-सी धड़कन
बलमवा भर दूँगी तेरा मन
नई अदा से सताएगी
तभी तो चंचल हैं तेरे नैना
देखो ना देखो ना
तेरे-मेरे मिलन की ये रैना—

तेरी बिंदिया रे

अभिमान [1973]

तेरी बिंदिया रे
आय हाय
तेरी बिंदिया रे
सजन बिंदिया ले लेगी
तेरी निंदिया
रे आय हाय
तेरी बिंदिया रे—

तेरे माथे लगे है यूँ
जैसे चन्दा-तारा
जिया में चमके कभी-कभी तो
जैसे कोई अंगारा
तेरे माथे लगे है यूँ
सजन निंदिया ले लेगी
ले लेगी ले लेगी
मेरी बिंदिया
रे आय हाय
तेरा झुमका रे
आय हाय
तेरा झुमका रे
चैन लेने ना देगा
सजन तुमका
रे आय हाय
मेरा झुमका रे—

मेरा गहना बलम तुम
तोसे सज के डोलूँ
भटकते हैं तेरे ही नैना
मैं तो कुछ ना बोलूँ
मेरा गहना बलम तुम

तो फिर ये क्या बोले है
बोले है बोले है
तेरा कंगना
रे आय हाय
मेरा कंगना रे
बोले रे अब तो छूटे ना
तेरा अँगना
रे आय हाय
तेरा कंगना रे—

तू आई है सजनियाँ
जब से मेरी बनके
ठुमक-ठुमक चले है जब तू
मेरी नस-नस खनके
तू आई है सजनियाँ
सजन अब तो छूटे ना
छूटे ना छूटे ना
तेरा अँगना
रे आय हाय
तेरा कंगना रे
सजन अब तो छूटे ना
तेरा अँगना
रे आय हाय
तेरा अँगना रे—

चुरा लिया है तुमने जो दिल को

यादों की बारात [1973]

चुरा लिया है तुमने जो दिल को
नज़र नहीं चुराना सनम
बदल के मेरी तुम ज़िन्दगानी
कहीं बदल न जाना सनम
ले लिया दिल-हाय मेरा दिल
हाय दिल लेकर मुझको ना बहलाना
चुरा लिया है—

बहार बनके आऊँ कभी तुम्हारी दुनिया में
गुज़र न जाएँ ये दिन कहीं इसी तमन्ना में
तुम मेरे हो-तुम मेरे हो
आज तुम इतना वादा करते जाना
चुरा लिया है—

सजाऊँगा लुटकर भी तेरे बदन की डाली को
लहू जिगर का दूँगा हसीं लबों की लाली को
है वफ़ा क्या-इस जहाँ को
एक दिन दिखला दूँगा मैं दीवाना
चुरा लिया है—

आपके कमरे में कोई रहता है

यादों की बारात [1973]

आपके कमरे में कोई रहता है
हम नहीं कहते ज़माना कहता है—

हम आज उधर से निकले तो बड़े इंतज़ाम से
गिरा रहा था कोई परदा हाय सरेशाम से
उधर आपकी फ़ोटो से सजी दीवार पे
पड़ा हुआ था एक साया बड़े आराम से
आपके कमरे में कोई रहता है—

मगर जो इक दिन मैं गुज़री गली में सरकार की
तभी से चलती है दिल पे हाय तलवार-सी
दबी-दबी हलकी-हलकी हँसी की सदाओं से
मचल रही थी चूड़ी की हाय झंकार-सी
ये न समझो कोई ग़ाफ़िल रहता है
हम नहीं कहते ज़माना कहता है
आपके कमरे में कोई रहता है—

अगर मैं कहूँ जो देखा नहीं था वो कोई ख़्वाब
पड़ा था टेबल पे चश्मा वो किसका जनाब
गोरे गले में वो मफ़लर था किस हसीन का
ज़रा हाथ दिल पे रखके हमें दीजिए जवाब
आपके कमरे में कोई रहता है—

हाल क्या है दिलों का न पूछो सनम

अनोखी अदा [1973]

हाल क्या है दिलों का न पूछो सनम
आपका मुस्कराना ग़ज़ब ढा गया
एक तो महफ़िल तुम्हारी हँसी कम न थी
उसपे मेरा तराना ग़ज़ब ढा गया
हाल क्या है दिलों का न पूछो सनम—

अब तो लहराया मस्ती-भरी छाँव में
बाँध दो चाहे घुँघरू मेरे पाँव में
मैं बहकता नहीं था मगर क्या करूँ
आज मौसम सुहाना ग़ज़ब ढा गया
हाल क्या है दिलों का न पूछो सनम—

हर नज़र उठ रही है तुम्हारी तरफ़
और तुम्हारी नज़र है हमारी तरफ़
आँख उठाना तुम्हारा तो फिर ठीक था
आँख उठाकर झुकाना ग़ज़ब ढा गया
हाल क्या है दिलों का न पूछो सनम—

मस्त आँखों का जादू जो शामिल हुआ
मेरा गाना भी सुनने के क़ाबिल हुआ
जिसको देखो वही आज बेहोस है
आज तो मैं दीवाना ग़ज़ब ढा गया
हाल क्या है दिलों का न पूछा सनम—

मेरी भीगी-भीगी-सी पलकों पे रह गए

अनामिका [1973]

मेरी भीगी-भीगी-सी पलकों पे रह गए
जैसे मेरे सपने बिखर के
जले मन तेरा भी किसी के मिलन को
अनामिका तू भी तरसे
मेरी भीगी-भीगी-सी—

तुझे बिन जाने बिन पहचाने मैंने रिद्य से लगाया
पर मेरे प्यार के बदले में तूने मुझको ये दिन दिखलाया
जैसे बिरहा की रुत मैंने काटी
तड़प के आहें भर-भर के
जले मन तेरा भी किसी के मिलन को
अनामिका तू भी तरसे
मेरी भीगी-भीगी सी—

आग से नाता नारी से रिश्ता काहे मन समझ न पाया
मुझे क्या हुआ था एक बेवफ़ा पे हाय मुझे क्यूँ प्यार आया
तेरी बेवफ़ाई पे हँसे जग सारा
गली-गली गुज़रे जिधर से
जले मन तेरा भी किसी के मिलन को
अनामिका तू भी तरसे
मेरी भीगी-भीगी सी—

कहीं करती होगी वो मेरा इंतज़ार

फिर कब मिलोगी [1973]

कहीं करती होगी वो मेरा इंतज़ार
जिसकी तमन्ना में फिरता हूँ बेक़रार—

कहीं बैठी होगी राहों में
गुम अपनी ही बाँहों में
लिए खोयी-सी निगाहों में खोया-खोया-सा प्यार
छाया रुकी होगी आँचल की
चुप होगी धुन पायल की
होगी पलकों में काजल की खोयी-खोयी बहार
कहीं करती होगी वो मेरा इंतज़ार
जिसकी तमन्ना में फिरता हूँ बेक़रार—

दूर ज़ुल्फ़ों की छाँओं से
कहता हूँ ये हवाओं से
उसी बुत की अदाओं के अफ़साने हज़ार
वो जो बाँहों में मचल जाती
हसरत ही निकल जाती
मेरी दुनिया बदल जाती मिल जाता क़रार
कहीं करती होगी वो मेरा इंतज़ार
जिसकी तमन्ना में फिरता हूँ बेक़रार—

अरमाँ है कोई साथ आए
इन हाथों में वो हाथ आए
फिर ख़्वाबों की घटा छाए बरसाए ख़ुमार
फिर उन्हीं दिन-रातों पे
मतवाली मुलाकातों पे
उल्फ़त-भरी बातों पे हम होते निसार
कहीं करती होगी वो मेरा इंतज़ार
जिसकी तमन्ना में फिरता हूँ बेक़रार—

रुक जाना नहीं तू कहीं हार के

इम्तिहान [1974]

रुक जाना नहीं तू कहीं हार के
काँटों पे चलके मिलेंगे साये बहार के
ओ राही ओ राही—

सूरज देख रुक गया है
तेरे आगे झुक गया है
जब कभी ऐसे कोई मस्ताना
निकले है अपनी धुन में दीवाना
शाम सुहानी बन जाते हैं दिन इंतज़ार के
ओ राही ओ राही—

साथी न कारवाँ है
ये तेरा इम्तहाँ है
यूँ ही चला-चल दिल के सहारे
करती है मंज़िल तुझको इशारे
देख कहीं कोई रोक नहीं ले तुझको पुकार के
ओ राही ओ राही—

नैन आँसू जो लिये हैं
ये राहों के दीये हैं
लोगों को उनका सब कुछ दे के
तू तो चला था सपने ही ले के
कोई नहीं तो तेरे अपने हैं सपने ये प्यार के
ओ राही ओ राही—

मैं हूँ घोड़ा ये है गाड़ी

कुँवारा बाप [1974]

मैं हूँ घोड़ा ये है गाड़ी
मेरी रिक्शा सबसे निराली
ना गोरी है ना ये काली
घर तक पहुँचा देने वाली—

एक रुपैया भाड़ा
पैसेंजर इतना जाड़ा
मला नाको रे नाको रे नाको
दुबला-पतला चलेगा
आड़ा-तिरछा चलेगा
साला हो या हो वो साली
यानी कि आधी घरवाली
घर तक पहुँचा देने वाली—

एक दिखाकर बीड़ी
ठुकवा दी चार गाड़ी
पैसे का खेला है खेला
जो मज़ीर् है करा लो
पॉकिट से नोट निकालो
फिर ले जाओ जेब ख़ाली
बाज़ू हट बुरक़े वाली
घर तक पहुँचा देने वाली—

हम आज़ाद हैं मिस्टर
क्या इंसा और क्या जनवर
मेरे देश में सारे बराबर
कुत्ता गद्दे पे सोये
मानव चादर को रोये
ज़िन्दगी लगती है गाली
ज़िन्दगी लगती है गाली
घर तक पहुँचा देने वाली—

ओ हंसिनी

ज़हरीला इंसान [1974]

ओ हंसिनी
मेरी हंसिनी
कहाँ उड़ चली
मेरे अरमानों के पंख लगा के
कहाँ उड़ चली
ओ हंसिनी

आ जा मेरी साँसों में महक रहा रे तेरा गजरा
आ जा मेरी रातों में लहक रहा रे तेरा कजरा
ओ हंसिनी

देर से लहरों में कमल सँभाले हुए मन का
जीवन-ताल में भटक रहा तेरा हंसा
ओ हंसिनी

ऊपरवाला दुखियों की नाहिं सुनता रे

सगीना [1974]

ऊपरवाला दुखियों की नाहिं सुनता रे
सोता है
बहुत जागा है न
ऊपरवाला दुखियों की नाहिं सुनता रे
कौन है जो उसको गगन से उतारे
बन बन बन
मेरे जैसा बन
इस जीवन का
यही है जतन
साला
यही है जतन
अरे ग़म की आग बुझाना है तो हमसे सीखो यार
आग लगी हमरी झोंपड़िया में हम गावई मल्हार
देख भई कितने तमासे की ज़िन्दगानी हमार—

भोले-भाले ललुआ
खाए जा रोटी बासी
यही खाके तो जवान होगा बेटा
भोले-भाले ललुआ
खाए जा रोटी बासी
बड़ा होके बनेगा
साहेब का चपरासी
खेल खेल खेल
माटी में होली खेल
गाल में गुलाल
है न ज़ुल्फ़ों में तेल
अरे अपनी भी जवानी क्या है सूना त्हेवार
आग लगी हमरी झोंपड़िया में हम गावई मल्हार
देख भई कितने तमासे की ज़िन्दगानी हमार—

सजनी तू काहे आई
नगरी हमारी
जा भग जा भग
सजनी तू काहे आई
नगरी हमारी
धरेगा बिदेसी बाबू
बहियाँ तिहारी
थाम थाम थाम
गोरी ज़रा थाम
नाहिं लुट जाएगी
राम क़सम
अरे केहू नाहिं आएगा रे सुनके पुकार
आग लगी हमरी झोंपिड़या में हम गावई मल्हार
देख भई कितने तमासे की ज़िन्दगानी हमार

अरे साला मैं तो साहब बन गया

सगीना [1974]

अरे साला मैं तो साहब बन गया
अरे साहब बनके कैसा तन गया
ये सूट मेरा देखो
ये बूट मेरा देखो
जैसा गोरा कोइ लंढन का—

ह ह ह ह
वाह फ़क़ीरे
सूट पहनकर कैसा कूदे-फाँदे
कौआ जैसे
पंख मयूर का अपनी दुम में बाँधे
अपनी दुम में बाँधे?
अरे क्या जानो हम इस भेजा में क्या-क्या नकसा खींचा
लीडर लोग की ऊँची बातें क्या समझे तुम नीचा
क्या समझे तुम नीचा
मेरा वो सब जाहिलपन गया
साला मैं तो साहब बन गया
साहब बनके कैसा तन गया
यू सूट मेरा देखो
ये बूट मेरा देखो
जैसा गोरा कोई लंढन का—

ह ह ह ह
सूरत है बन्दर की फिर भी लगती है अलबेली
कैसा राजा भोज बना है मेरा गंगू तेली
क्या गंगू तेली?
तुम लंगोटी वाला ना बदला है न बदलेगा
तुम सब काला लोग का किसमत हम साला बदलेगा
हम साला बदलेगा
सीना देखो कैसा तन गया

साला मैं तो साहब बन गया
साहब बनके कैसा तन गया
ये सूट मेरा देखो
ये बूट मेरा देखो
जैसा गोरा कोई लंढन का—

कहत कबीर सुनो भई साधो

दस नम्बरी [1974]

कहत कबीर सुनो भई साधो
बात कहूँ मैं खरी
ये दुनिया एक नम्बरी
तो मैं दस नम्बरी—

एक नम्बर का हाथ दिखाया
जब कहके जय काली
कितने ही सेठों की भारी
जेब हो गई ख़ाली
दो नम्बर है और निराला
देखूँ और खुल जाए ताला
उल्टे पाकिट में आ जाए
हरे नोट की परी
ये दुनिया एक नम्बरी
तो मैं दस नम्बरी—

नम्बर तीन का चमत्कार
देखो जब फैंकूँ पत्ता
सबकी तबीयत करूँ साफ़
दिल्ली हो या कलकत्ता
चौथे मेरा ग़ज़ब का झाँसा
आप किया दूजे को फाँसा
कभी-कभी तो पुलिस को उल्टे
दिखलाऊँ हथकड़ी
ये दुनिया एक नम्बरी
तो मैं दस नम्बरी—

पाँचवाँ नम्बर ज़ुल्म का दुश्मन
मैं दुखियों का साथी
छठा देश के ग़द्दारों से

छीन लूँ घर की बाती
नम्बर सात करे जो दंगा
एक हाथ में कर दूँ चंगा
लँगड़ी-तँगड़ी छुरी-कटारी
सब रह जाए धरी
ये दुनिया एक नम्बरी
तो मैं दस नम्बरी—

कला आठवीं ये है
कि मैं प्यार से मिलता सबसे
प्यार की ख़ातिर इंसां क्या है
लड़ जाऊँ मैं रब से
नवाँ जो मुझसे मिले हसीना
नौ दिन तक ना रुके पसीना
और नम्बर दस
दस दस
लिखा है ये तो हर थाने में
सिफ़त है क्या-क्या दीवाने में
जितनी उँगलियाँ इन हाथों में
उतनी जादूगरी
ये दुनिया एक नम्बरी
तो मैं दस नम्बरी—

इस महफ़िल में किस पर क्या-क्या
रंग चढ़ा सब जानूँ
कौन छुपा किस भेष में प्यारे
मैं सबको पहचानूँ
क्या है मेरा नाम न पूछो
गिर जाएँगे जाम न पूछो
कौन हूँ मैं ये जान के सबको
लग जाएगी थरथरी
ये दुनिया एक नम्बरी
तो मैं दस नम्बरी—

लूट के जिसका घर बैठे हो
महल सजाए अपना
उसका लहू पुकार रहा है
यार बचोगे कितना
ज़ुल्म हैं जितने रात और दिन के
लूँगा बदले सब गिन-गिन के
तुमको क्या अरे बड़े-बड़ों की
कर दी तबीयत हरी
ये दुनिया एक नम्बरी
तो मैं दस नम्बरी—

हम तो जिस राह पे जाते हैं

अनाड़ी [1975]

हम तो जिस राह पे जाते हैं
वहीं ये हसीं मिल जाते हैं
जिनको जिनकी चाहत होती है
कहीं न कहीं मिल जाते हैं—

हो कितने गुलफ़ाम हम तुमको जानें
भरिए न इतनी ऊँची उड़ानें
जाओ चले तो हम तुमको मानें
नाहिं यक़ीन जो है तुमको
तो लीजे हमीं मिल जाते हैं—

मौसम ये रंगीं दिन ये सुहाना
जैसे खींची हो तस्वीरे जानाँ
वीराने में भी आए बहाराँ
देखो न जहाँ हम मिलते हैं
दो फूल वहीं खिल जाते हैं—

एक दिन बिक जाएगा माटी के मोल

धरम करम [1975]

एक दिन बिक जाएगा माटी के मोल
जग में रह जाएँगे प्यारे तेरे बोल
दूजे के होंटों को देकर अपने गीत
कोई निशानी छोड़ फिर दुनिया से डोल—

अनहोनी पथ में काँटे लाख बिछाए
होनी तो फिर भी बिछड़ा यार मिलाए
ये बिरहा ये दूरी दो पल की मजबूरी
फिर कोई दिलवाला काहे को घबराए
धारा जो बहती है मिलके रहती है
बहती धारा बन जा फिर दुनिया से डोल—

परदे के पीछे बैठी साँवल गोरी
थाम के तेरे-मेरे मन की डोरी
ये डोरी ना छूटे ये बंधन ना टूटे
भोर होने वाली है अब रैना है थोड़ी
सर को झुकाए तू बैठा क्या है यार
गोरी से नैना जोड़ फिर दुनिया से डोल—

महलों में हो तेरे बोलों की मस्ती
गलियों में हो तेरे गीतों की बस्ती
क्या राजा क्या परजा
क्या बूढ़ा क्या बच्चा
सारे इंसानों की है एक तेरी हस्ती
निकले तेरी आवाज़ जो भी छोड़े साज़
जीवन की धुन बन जा फिर दुनिया से डोल—

नहीं समझी रे तू एक सीधा सवाल

धरम करम [1975]

नहीं समझी रे तू एक सीधा सवाल
समझाता हूँ मैं तुझे देकर मिसाल
बात थी यार एक बेर की
बढ़ के हो गई सवा सेर की—

जैसे कैरी से आम
बने बढ़ने के बाद
जैसे बढ़ती है गेंद
हवा भरने के बाद
जैसे इक बूँद उठे
लिए मौजों की शान
जैसे इक बुलबुला
बढ़े गुम्बद समान
जैसे निकले है बम
कोई धरती को फोड़
जैसे ज्वालामुखी
उठे परबत को तोड़
जैसे आँचल तले
जले दो-दो मशाल
जैसे बादल के बीच
दो-दो चंदा के थाल
जैसे छोटी दुल्हन नहीं डोली समाए
वैसे गोरी का अंग नहीं चोली समाए
बात थी यार एक बेर की
बढ़ के हो गई सवा सेर की—

है तेरे पास क्या
ये मेरे दिल से पूछ
मेरे दिल से नहीं
सारी महफ़िल से पूछ

ये जो अँगड़ाइयाँ
लेके तूफ़ाँ उठाए
अरे इंसाँ तो क्या
देवता डोल जाए
घबराओ नहीं
ज़रा समझो हुज़ूर
ये है मौला की देन
ये है दाता का नूर
पड़े इनपे नहीं
बुरी नज़रों की धूल
ये हैं पूजा के फल
ये हैं मन्दिर के फूल
डाली तन की तेरे गुलफ़िशाँ हो गई
अरी ओ बावरी तू जवाँ हो गई
बात समझने में बड़ी देर की
बढ़ के हो गई सवा सेर की—

है अगर दुश्मन-दुश्मन

हम किसी से कम नहीं [1976]

है अगर दुश्मन-दुश्मन
ज़माना ग़म नहीं-ग़म नहीं
कोई आए कोई आए कोई आए कोई
हम किसी से कम नहीं
है अगर दुश्मन-दुश्मन—

क्या करें दिल की जलन को
इस मुहब्बत के चलन को
जो भी हो जाए कि अब तो
सर से बाँधा है कफ़न को
हम तो दीवाने दिलजले
ज़ुल्म के साये में पले
डालकर आँखों को
तेरे रु ख़सारों पे
रोज़ ही चलते हैं
हम तो अंगारों पे
आज हम जैसे जिगर वाले कहाँ
ज़ख़्म खाया है तब हुए हैं जवाँ
तीर बन जाए दोस्तों की नज़र
या बने ख़ंजर दुश्मनों की ज़ुबाँ
बैठे हैं तेरे दर पे
तो कुछ कर के उठेंगे
या तुझको ही ले जाएँगे
या मरके उठेंगे
आज तो दुनिया दुनिया
नहीं या हम नहीं हम नहीं
कोई आए कोई आए कोई आए कोई
हम किसी से कम नहीं
है अगर दुश्मन दुश्मन—

लो ज़रा अपनी ख़बर भी
इक नज़र देखो इधर भी
हुस्न वाले ही नहीं हम
दिल भी रखते हैं जिगर भी
झूम के रखा जो क़दम
रह गई ज़ंजीरे सितम
कैसे रुक जाएँगे
हम किसी चिलमन से
ज़ुल्फ़ों को बाँधा है
यार के दामन से
इश्क़ जब दुनिया का निशाना बना
हुस्न भी घबरा के दीवाना बना
मिल गए रंगे-हिना ख़ूने-जिगर
तब कहीं रंगीं ये फ़साना बना
भेस मजनूँ का लिया
मैंने जो लैला होकर
रंग लाया है दुपट्टा
मेरा मैला होकर
ये नहीं समझो-समझो
कि हममें दम नहीं
कोई आए कोई आए कोई आए कोई
हम किसी से कम नहीं
है अगर दुश्मन-दुश्मन—

क्या हुआ तेरा वादा

हम किसी से कम नहीं [1976]

क्या हुआ तेरा वादा
वो क़सम वो इरादा
भूलेगा दिल जिस दिन तुम्हें
वो दिन ज़िन्दगी का आख़िरी दिन होगा
क्या हुआ तेरा वादा—

याद है मुझको तूने कहा था
तुमसे नहीं रूठेंगे कभी
दिल की तरह से हाथ मिले हैं
कैसे भला छूटेंगे कभी
तेरी बाँहों में बीती हर शाम
बेवफ़ा ये भी क्या याद नहीं
क्या हुआ तेरा वादा—

ओ कहने वाले मुझको फ़रेबी
कौन फ़रेबी है ये बता
वो जिसने ग़म लिया प्यार की ख़ातिर
या जिसने प्यार को बेच दिया
नशा दौलत का ऐसा भी क्या
कि तुझे कुछ भी याद नहीं
क्या हुआ तेरा वादा—

क्या मौसम है

दूसरा आदमी [1977]

क्या मौसम है
अय दीवाने दिल
चल कहीं दूर निकल जाएँ
कोई हमदम है
चाहत के क़ाबिल
तो किसलिए हम सँभल जाएँ
चल कहीं दूर निकल जाएँ—

झूम के जब-जब कभी दो दिल गाते हैं
चार क़दम चलते हैं ये फिर खो जाते हैं
ऐसा है तो खो जाने दो मुझको भी आज
ये क्या कम है
दो पल को राही
मिल जाएँ बहल जाएँ
चल कहीं दूर निकल जाएँ—

ये मस्तियाँ ये बहार
दिल हो चला बेक़रार
मैं गिरता हूँ मुझे थाम लो
भीगे लबों से मेरा नाम लो
दुनिया को अब दो नज़र क्यूँ आएँ हम
इतने क़रीब आओ कि इक हो जाएँ हम
खोये से हम
खोई सी मंज़िल
अच्छा है सँभल जाएँ
चल कहीं दूर निकल जाएँ—

तुम्हारे बिन जी ना लगे घर में

भूमिका [1977]

तुम्हारे बिन जी ना लगे घर में
बलम जी तुमसे मिलाके अँखियाँ
तुम्हारे बिन जी ना लगे घर में—

बदल गई मैं तो एक नज़र में
बलम जी तुमसे मिलाके अँखियाँ
तुम्हारे बिन जी ना लगे घर में—

ये तुमने कैसा दिखाया सपना
मैं पीछे सब छोड़ आई अपना
खड़ी हूँ रंगों के एक नगर में
बदल गई मैं तो एक नज़र में
बलम जी तुमसे मिलाके अँखियाँ
तुम्हारे बिन जी ना लगे घर में—

चुभन-सी है दिल में प्यारी-प्यारी
है मीठी-मीठी सी बेक़रारी
जलन सुहानी-सी है जिगर में
बदल गई मैं तो एक नज़र में
बलम जी तुमसे मिलाके अँखियाँ
तुम्हारे बिन जी न लगे घर में—

घड़ी मिलन की आई-आई

एक बाप छह बेटे [1978]

घड़ी मिलन की आई-आई
तू छुट्टी लेकर आजा
प्यार की बीन बजे न अकेले
तू ज़रा साथ निभा जा
अजब मुसीबत आई-आई
यहाँ तो सुन मेरे राजा
एक साथ कई सुर बजते हैं
बंद हों कैसे बता जा
घड़ी मिलन की आई—

आ जा रे जु जु आ जा
मुन्नू को सुला जा
लाल पलंग पर मोती-हीरा
तीनों बाबा सो जा
जब ब्याह किया तो डरना क्या जाने बोलो
मैं तो नहीं बोलूँ नहीं बोलूँगी
संग नहीं डोलूँ नहीं डोलूँगी
मत डोल ऊपर वाला देखता है
तोड़ा जिसने दिल का शिवाला देखता है
देखे ये दुर्गा माई-माई
हुआ बदन मेरा आधा
इसी फ़िकर में कि ये तिरमूरती
फिर न बजाने लगे बाजा
घड़ी मिलन की आई—

चली आ रे तू सबको नींद की गोली देके
दिल के टुकड़े को गोली देगा रे
ऐसा नहीं होगा नहीं होगा रे
ना हो तो मैं बेचारा क्या करूँगा
तेरे प्यार के आँसू पीके सो रहूँगा

आई बलम जी आई सोना
अभी न मेरे राजा
रहूँगी तेरे बिन कैसे अकेली
तू मेरी दुनिया बसा जा
घड़ी मिलन की आई—

तेरी आँखों की चाहत में तो मैं सब कुछ लुटा दूँगा

जनता हवलदार [1979]

तेरी आँखों की चाहत में तो मैं सब कुछ लुटा दूँगा
मुहब्बत कैसे की जाती है दुनिया को दिखा दूँगा

तेरे नाज़ुक हसीं क़दमों के नीचे हमसफ़र मेरे
जहाँ होगा कोई काँटा वहाँ मैं दिल बिछा दूँगा

तमन्ना है कि रौशन हो तेरी दुनिया तेरी महफ़िल
उजाला मिल सके तुझको तो मैं घर भी जला दूँगा

बहाराँ चीज़ क्या है फूल-कलियाँ किसको कहते हैं
लहू मेरा सलामत मैं तेरा जीवन सजा दूँगा

अल्ला

नूरी [1979]

अल्ला
उसके खेल निराले
वो ही जाने
अल्ला जाने—

हँसते-रोते ये इंसाँ
आए कहाँ से जाए कहाँ
क्यूँ आए न जाने वाले
वो ही जाने
अल्ला जाने—

वो ही रहमन वो ही रहीमा वो ही विधाता
वो रफ़्तार वही सत्तार वही जगदाता
हो जो उसके हवाले
वो ही जाने
अल्लाह जाने—

दर्द भी दे आराम भी दे
छीने तो इनआम भी दे
उसके रंग निराले
वो ही जाने
अल्ला जाने—

पहले तो ज़ालिम को ढील सदा देता है
फिर मज़लूम का बदला लेकर दम लेता है
बन्दे दर्द उसी के
अपने सर को झुका ले
फिर वो जाने
अल्ला जाने—

हमें तुमसे प्यार कितना ये हम नहीं जानते

क़ुदरत [1981]

हमें तुमसे प्यार कितना ये हम नहीं जानते
मगर जी नहीं सकते तुम्हारे बिना
हमें तुमसे प्यार कितना—

सुना ग़म जुदाई का उठाते हैं लोग
जाने ज़िन्दगी कैसे बिताते हैं लोग
दिन भी यहाँ तो लगे बरस के समान
हमें इंतज़ार कितना ये हम नहीं जानते
मगर जी नहीं सकते तुम्हारे बिना
हमें तुमसे प्यार कितना—

तुम्हें कोई और देखे तो जलता है दिल
बड़ी मुश्किलों से फिर सँभलता है दिल
क्या-क्या जतन करते हैं तुम्हें क्या पता
ये दिल बेक़रार कितना ये हम नहीं जानते
मगर जी नहीं सकते तुम्हारे बिना
हमें तुमसे प्यार कितना—

मैं तो सदा की तुमरी दीवानी
भूल गए सैयाँ प्रीत पुरानी
क़दर न जानी क़दर न जानी
हमें तुमसे प्यार कितना—

कोई जो डारे तुमपे नयनवा
देखा न जाए मोसे सजनवा
जले मोरा मनवा जले मोरा मनवा
हमें तुमसे प्यार कितना—

जहाँ तेरी ये नज़र है

कालिया [1981]

जहाँ तेरी ये नज़र है
मेरी जाँ मुझे ख़बर है
बच न सका कोई आए कितने
लम्बे हैं मेरे हाथ इतने
देख इधर यार ध्यान किधर है
जहाँ तेरी ये नज़र है—

क्यूँ नहीं जानी तू ये समझता
काम नहीं ये है तेरे बस का
होश में आ जा ध्यान किधर है
जहाँ तेरी ये नज़र है—

मेरी तरफ़ जो उठा है तन के
कट के वही हाथ गिरा बदन से
सामने आए किसका जिगर है
जहाँ तेरी नज़र है—

चाल ये बंदा ऐसी भी चल जाए
बन्द हो मुट्ठी अरे चीज़ निकल जाए
ये भी करिश्मा देख इधर है
जहाँ तेरी ये नज़र है—

हइया हइया

ज़माने को दिखाना है [1981]

हइया हइया
हा आ
हइया हइया
बोलो बोलो
कुछ तो बोलो
सामने वाले
ले गए बाज़ी
हिम्मत करके
आगे आओ
दुनिया होगी
तुमसे राज़ी
हइया हइया
हा आ
हइया हइया
देखो गया वक़्त आता दुबारा नहीं
फिर ये न कहना किसी ने पुकारा नहीं
बोलो बोलो
कुछ तो बोलो
कम ऑन यार
पूछो न यार क्या हुआ
दिल का क़रार क्या हुआ
तुमपे तो हम मर मिटे हैं अभी से
जाने हमारा आगे क्या होगा—

तुमने प्यार से
हमको एक बार
कह डाला है यार
तो निभा देना
इतना बेक़रार
कोई भी नहीं

देखो मेरा हाल
देखते हो ना
देखो न यार क्या हुआ
दिल का क़रार क्या हुआ
तुमपे तो हम मर मिटे हैं अभी से
जाने हमारा आगे क्या होगा—

दिल पे था हमें
कितना एतबार
तुमसे क्या कहें
हम ये अफ़साना
कोई गुलबदन
कोई नाज़नीं
कर सकता नहीं
हमको दीवाना
वो एतबार क्या हुआ
दिल का क़रार क्या हुआ
तुमपे तो हम मर मिटे हैं अभी से
जाने हमारा आगे क्या होगा—

पूछो न यार क्या हुआ
दिल का क़रार क्या हुआ
तुमपे तो हम मर मिटे हैं अभी से
जाने हमारा आगे क्या होगा—

आगे क्या होगा?
क्या होगा अऽऽ शादी।

हमको मिल गई
दुनिया प्यार की
माना हो गए
तुम मेरे अपने
फिर भी ये सवाल
दिल में ये ख़याल

ना हों ये कहीं
दूर के सपने
ये अबकी बार क्या हुआ
दिल का क़रार क्या हुआ
तुमपे तो हम मर मिटे हैं अभी से
जाने हमारा आगे क्या होगा—

और फिर क्या होगा?
पार्टियाँ, दावतें, बोतलें

अपने पास क्या
अरमाँ के सिवा
यूँ तो मैं तुम्हें
और क्या दूँगी
जो भी है मेरा
मैं और मेरा प्यार
तुमपे एक बार
सब लुटा दूँगी
चाहोगे तो मैं
देखूँगी तुम्हें
कह दोगे तो फिर
सर झुका लूँगी
हाय दिलदार क्या हुआ
दिल का क़रार क्या हुआ
तुमपे तो हम मर मिटे हैं अभी से
जाने हमारा आगे क्या होगा—

अरे बाबा तुम भी तो कुछ कहो न
अच्छा तो सुनो

छोड़ो जाने जाँ
तुम भी हो कहाँ
घबराते नहीं
हम ज़माने से

देखोगे तो इधर
किसका है जिगर
उलझे आपके
इस दीवाने से
उलझे हज़ार क्या हुआ
अय मेरे प्यार क्या हुआ
अपनी ख़ुशी होगी
ये ज़िन्दगी होगी
इसके सिवा और आगे क्या होगा—

अंग्रेज़ी में कहते हैं कि आय लव यू

ख़ुद्दार [1982]

अंग्रेज़ी में कहते हैं कि आय लव यू
गुजराती मा बोले तने प्रेम करूँ छूँ
बंगाली में कहते हैं आमी तोमाके भालो बाशी
और पंजाबी में कहते हैं तेरी तो हा
तेरे बिन मर जाणा
मैं तैनू प्यार करणा
तेरे जियो नइयो लबनी
ओ साथी हो—

हम तुमपे इतना डाइंग
जितना सी में पानी लाइंग
आकाश में पंछी फ़्लाइंग
भँवरा बगियन में गाइंग
अंग्रेज़ी में कहते हैं—

इतना करे क्यूँ धाँधल
दुनिया क्या कहेगी हमको
हम समझा अक़्लवाला
बिलकुल इडीयट है तुम तो
अंग्रेज़ी में ना बोलूँ रे आय लव यू
गुजराती मा सुकाम बोलूँ प्रेम करूँ छूँ
बंगाली में ना बोलूँ रे आमी तोमाके भालो बाशी
और पंजाबी में ना बोलूँ तेरी सो
कि तेरे बिन मर जाणा
मैं तैनू प्यार कर्निया
वे तेरे जाया नाइ लबना
ओ साथी हो—

तू जल्दी से हाँ कर दे
वरना तेरी क़सम खाता हूँ

सारी दुनिया के आगे
जानी अभी प्वाज़न खाता हूँ
अंग्रेज़ी में कहती हूँ कि आय लव यू
गुजराती मा बोलूँ तने प्रेम करूँ छूँ
बंगाली में कहती हूँ आमी तोमा के भालो बाशी
और पंजाबी में केन्दी हूँ तेरी तो
तेरी तो
तेरे बिन मर जाणा
मैं तैनू प्यार करणा
तेरे जियो नइयो लबनी
ओ साथी हो—

ये मेरा जीवन

बाबू [1983]

ये मेरा जीवन
तेरे लिए है
जीवन का सपना
तेरे लिए है
माँग ले हँस के
क्या चाहिए तुझे
मेरी तो दुनिया
तेरे लिए है
ये मेरा जीवन—

डाली पे बैठी
छोटी-सी चिड़िया
काँधे पे मेरी
नन्ही-सी गुड़िया
चिड़िया से भी
सुन्दर मेरी गुड़िया
ये मेरा जीवन—

देखा था सपना
जो ज़िन्दगी का
ये भी तो वैसा ही
दिन है ख़ुशी का
जीने का ढंग
तुझसे मैंने सीखा
ये मेरा जीवन—

मानो बदल जाए
दोनों की मंज़िल
फिर भी रहेगा
साथ मेरा दिल

चाहेंगे तो
मिलना नहीं मुश्किल
ये मेरा जीवन—

ओ मेरी जाँ

मंज़िल-मंज़िल [1984]

ओ मेरी जाँ
ओ मेरी जाँ
अब नहीं रहना तेरे बिना
ओ मेरी जाँ—

हारी मैं तुझसे मुँह फेर के
आँखें खुली पर ज़रा देर से
कोई मेरा तुझसा कहाँ
अब नहीं रहना तेरे बिना
ओ मेरी जाँ—

तू है तो ठोकर खा लूँगी मैं
काँटों में जीवन बिता लूँगी मैं
ले चल मुझे चाहे जहाँ
अब नहीं रहना तेरे बिना
ओ मेरी जाँ—

जिस दिन से देखा यारा तुझे
मंज़िल-मंज़िल पुकारा तुझे
पाके तुझे जाना कहाँ
अब नहीं रहना तेरे बिना
ओ मेरी जाँ—

पापा कहते हैं बड़ा नाम करेगा

क़यामत से क़यामत तक [1988]

पापा कहते हैं बड़ा नाम करेगा
बेटा हमारा ऐसा काम करेगा
मगर ये तो कोई न जाने
कि मेरी मंज़िल है कहाँ
पापा कहते हैं बड़ा नाम करेगा—

बैठे हैं मिलके
सब यार अपने
सबके दिलों में अरमाँ ये हैं
वो ज़िन्दगी में
कल क्या बनेगा
हर इक नज़र का सपना ये है
कोई इंजीनियर का काम करेगा
बिज़नेस में कोई अपना नाम करेगा
मगर ये तो कोई न जाने
कि मेरी मंज़िल है कहाँ
पापा कहते हैं बड़ा नाम करेगा—

मेरा तो सपना
है एक चेहरा
देखे जो उसको झूमे बहार
गालों में खिलती
कलियों का मौसम
आँखों में जादू होंटों में प्यार
बंदा ये ख़ूबसूरत काम करेगा
दिल की दुनिया में अपना नाम करेगा
मेरी नज़र से देखो तो यारो
कि मेरी मंज़िल है कहाँ
पापा कहते हैं बड़ा नाम करेगा—

क्या करते थे साजना तुम हमसे दूर रहके

लाल दुपट्टा मलमल का (अलबम) [1989]

क्या करते थे साजना तुम हमसे दूर रहके
हम तो जुदाई में अकेले छुप-छुप के रोया करते थे
क्या बतलाएँ जाने-जाँ हम तुमसे दूर रहके
अक्सर दुआओं में ख़ुदा से तुमको ही माँगा करते थे—

जो पूछती थीं सखियाँ बिचारी
ये रोग कैसा तुझको है प्यारी
चुपचाप उनका मुँह देखती थी
कहती भी क्या मैं बिरहा की मारी
वो दिन भी क्या दिन थे सनम
मजबूर तुम लाचार हम
बस आहें भरा करते थे तुमको ही माँगा करते थे—

माना जुदाई का मौसम बुरा था
उसका भी लेकिन अपना मज़ा था
थोड़ा तड़पना थोड़ा सिसकना
सच पूछिए तो अच्छा लगा था
क्या चीज़ है ये प्यार भी
सुख में हसीं दुख में हसीं
ना पूछो कि क्या करते थे तुमको ही माँगा करते थे—

आग लगे जल जाए दुनिया

आई मिलन की रात [1991]

आग लगे जल जाए दुनिया
कुछ भी नज़र ना आए
होके जुदा जीने से अच्छा
आशिक़ ही मर जाए
क़सम से क़सम से
ओ रब्बा क़सम से
अब ना जुदाई
सही जाए हमसे
क़सम से क़सम से—

चंदा से तारे हैं दूर जितने
हम पास रहके हैं दूर उतने
टूट गया दिल
ज़ुल्मो-सितम से
क़सम से क़सम से—

माथे की बिंदिया चमकती नहीं है
हाथों की चूड़ी खनकती नहीं है
मेहँदी निगोड़ी भी क्या रंग लाई
रात मिलन की बनी रे जुदाई
हम मिल न पाए
अपने बलम से
क़सम से क़सम से—

बिन तेरे सनम

यारा दिलदारा [1991]

बिन तेरे सनम
मर मिटेंगे हम
आ मेरी ज़िन्दगी
आना ही पड़ा सजना
ज़ालिम है दिल की लगी
बिन तेरे सनम—

तेरे ही दम से होगी
दिल की मुराद पूरी
तेरे बग़ैर जानम
है ज़िन्दगी अधूरी
अय मेरे हसीं
अब ना जा कहीं
आ मेरी ज़िन्दगी
आना ही पड़ा सजना
ज़ालिम है दिल की लगी
बिन तेरे सनम—

ये जानकर बलम जी
थामी हैं तेरी बाँहें
सहनी पड़ेंगी सबकी
काँटों भरी निगाहें
सब सहेंगे हम
और हँसेंगे हम
आ मेरी ज़िन्दगी
आना ही पड़ा सजना
ज़ालिम है दिल की लगी
बिन तेरे सनम—

तुम हो मेरे तो अब है
मौसम ग़ुलाम अपना
शबनम ने लिख दिया है
फूलों पे नाम अपना
सुन हवा यही
गीत है गा रही
आ मेरी ज़िन्दगी
आना ही पड़ा सजना
ज़ालिम है दिल की लगी
बिन तेरे सनम—

चाहे तुम कुछ ना कहो

जो जीता वो ही सिकन्दर [1992]

चाहे तुम कुछ ना कहो
मैंने सुन लिया
कि साथी प्यार का
मुझे चुन लिया
चुन लिया
मैंने चुन लिया

पहला नशा
पहला ख़ुमार
नया प्यार है
नया इंतज़ार
कर लूँ मैं क्या अपना हाल
अय दिले बेक़रार
मेरे दिले बेक़रार
तू ही बता
पहला नशा
पहला ख़ुमार—

उड़ता ही फिरूँ
इन हवाओं में कहीं
या मैं झूल जाऊँ
इन घटाओं में कहीं
एक कर दूँ आसमाँ
और ज़मीं
कहो यारो क्या करूँ
क्या नहीं
पहला नशा
पहला ख़ुमार—

उसने बात की
कुछ ऐसे ढंग से
सपने दे गया
वो हज़ारों रंग के
रह जाऊँ जैसे मैं
हार के
और चूमे वो मुझे
प्यार से
पहला नशा
पहला ख़ुमार—

वो तो है अलबेला

कभी हाँ कभी ना [1993]

वो तो है अलबेला
हज़ारों में अकेला
सदा तुमने ऐब देखा
हुनर को न देखा
वो तो है अलबेला—

फ़ुरसत मिली ना तुम्हें
अपने जहाँ से
उसके भी दिल की कभी
समझते कहाँ से
जाना है जिसे पत्थर
हीरा है वो तो हीरा
सदा तुमने ऐब देखा
हुनर को न देखा
वो तो है अलबेला—

बंसी तो लकड़ी सदा
समझा किए तुम
पर उसके नग़मों की धुन
कहाँ सुन सके तुम
दिए की माटी देखी
देखी न उसकी ज्योति
सदा तुमने ऐब देखा
हुनर को न देखा
वो तो है अलबेला—

ए लो

अंदाज़ अपना अपना [1994]

ए लो
ए लो
ए लो जी सनम हम आ गए
आज फिर दिल लेके
अब इतना भी ग़ुस्सा करो नहीं जानी
ये खोया-खोया मौसम पवन दीवानी
कहीं उड़ा ले
न यारा तुझे
दिलदारा तुझे
ए लो
ए लो—

ऐसे जादूगर हैं बहार के ये दिन
जान ही न ले लें ख़ुमार के ये दिन
देखो जाने-जाना
बहक न जाना
आजा मैं दे दूँ
सहारा तुझे
दिलदारा तुझे
ए लो
ए लो—

माथे पे तो बल है लबों पे मुस्कान
छब है ग़ज़ब की मैं तेरे क़ुरबान
बल्ले-बल्ले मेरी जान
मेरी जान मेरी जान
हाय मर जाऊँगा
जीने नहीं पाऊँगा
ऐसे न मारो
नज़ारा मुझे

दिलदारा मुझे
ए लो
ए लो—

चलो जी मैं गुस्सा न और करूँगी
तेरी शिकायत पे ग़ौर करूँगी
क्या है मेरी मंज़िल
समझ गया दिल
ज़्यादा करो न
इशारा मुझे
दिलदारा मुझे
ए लो
ए लो—

अकेले हम अकेले तुम

अकेले हम अकेले तुम [1995]

अकेले हम अकेले तुम
जो हम-तुम संग हैं तो फिर क्या ग़म
तू मेरा दिल
तू मेरी जान
ओ आई लव यू डैडी
तू मासूम
तू शैतान
बट यू लव मी डैडी
अकेले हम अकेले तुम—

यूँ तो है तू नन्हा सा
है मगर गुरु सबका
और इसी शरारत से
दिल जिगर मैं हूँ सबका
कहने को हैं
यूँ तो हज़ार
कोई मगर
तुझसा कहाँ
अकेले हम अकेले तुम—

मान लो कल जो ये सारी दुनिया
साथ मेरा नहीं देगी
कौन है फिर मेरी मंज़िल का
हमसफ़र मैं हूँ डैडी
आज लगे
कितना हसीं
अपना जहाँ
अपना समाँ
अकेले हम अकेले तुम—

धीरे-धीरे आप मेरे दिल के मेहमाँ हो गए

बाज़ी [1995]

धीरे-धीरे आप मेरे दिल के मेहमाँ हो गए
पहले जाँ फिर जाने-जाँ फिर जाने-जानाँ हो गए—

ये है करम आपका तुमने मुझे चुन लिया
अब चाहे कुछ ना कहो हमने सब सुन लिया
पहले जाँ फिर जाने-जाँ फिर जाने-जानाँ हो गए—

पागल जवानी तेरी क़ातिल तुम्हारी अदा
ऐसा चढ़ा दोनों पे आशिक़ी का नशा
पहले जाँ फिर जाने-जाँ फिर जाने-जानाँ हो गए—

आज मैं ऊपर

ख़ामोशी-द म्यूज़िकल [1996]

आज मैं ऊपर
आसमाँ नीचे
आज मैं आगे
ज़माना है पीछे
टेल मी ओ ख़ुदा
अब मैं क्या करूँ
चलूँ सीधी कि उल्टी चलूँ
आज मैं ऊपर—

यूँ ही बिन बात के
छलके जाए हँसी
डोले जब हवा
लागे गुदगुदी
सँभलूँ गिर पड़ूँ
तौबा क्या करूँ
चलूँ सीधी कि उल्टी चलूँ
आज मैं ऊपर
आसमाँ नीचे
आज मैं आगे
ज़माना है पीछे
टेल मी ओ ख़ुदा
अब मैं क्या करूँ
सर के बल या क़दम से चलूँ
आज मैं ऊपर—

झूमे जा मौज में
रुकना न जाने-जाँ
देखूँ ये तरंग
रुकती है कहाँ
मैं भी तेरे संग

इन लहरों पे चलूँ
सर के बल या क़दम से चलूँ
आज मैं ऊपर
आसमाँ नीचे
आज मैं आगे
ज़माना है पीछे
टेल मी ओ ख़ुदा
अब मैं क्या करूँ
चलूँ सीधी कि उल्टी चलूँ
आज मैं ऊपर—

रात शबनमी

जानम समझा करो (अलबम) [1997]

रात शबनमी
भीगी चाँदनी
तीसरा कोई
दूर तक नहीं
इसके आगे हम और क्या कहें
जानम समझा करो—

सनम तुमको जिस दिन से देखा हमने
दीवाना दिल क़ाबू में नहीं
बड़ा प्यारा ये भी इत्तेफ़ाक़ देखो
तुम्हीं मिल जाते हो हर कहीं
तुम्हीं मिल जाते हो हर कहीं प्यारे
आगे ख़ुद ही जान लो
और क्या कहें
जानम समझा करो—

अगर तुम भी वो चाहो जो मैं चाहूँ
तो गुल खिल जाए इक़रार का
दिलों को मिलने दें कुछ न बोलें हम
मज़ा आए फिर तो प्यार का
मज़ा आए फिर तो प्यार का जानी
आगे ख़ुद ही जान लो
और क्या कहें
जानम समझा करो—

ठहरो पड़ी है रात ये सारी
काहे की जल्दी जाने-मन
डाले हुए ये रेशमी बाँहें
यूँ ही लिपटे रहो तुम गुलबदन
तक़दीर से ये मिल गया मौक़ा

आगे ख़ुद ही जान लो
और क्या कहें
जानम समझा करो—

सबकी बारातें आईं डोली तू भी लाना

जानम समझा करो (फ़िल्म) [1999]

सबकी बारातें आईं डोली तू भी लाना
दुल्हन बनाके हमको राजा जी ले जाना
बाँध के सेहरा हमसे मिलके
निकलेंगे सारे अरमाँ दिलके
आँखों में तारे नाचें घूँघट यूँ उठाना
फिर हमको हौले-हौले बाँहों में छुपाना
सबकी बारातें आईं डोली तू भी लाना—

अपनों से जुदा मैं होती हुई
कुछ हँसती हुई कुछ रोती हुई
जब छोड़ूँगी बाबुल की गली
तुमरे अँगना आऊँगी चली
जब तन-मन से तेरी बनूँगी
गोरी बइयाँ मेरी धरना हौले से
मेहंदी वाले हाथों की चूड़ी खनकाना
फिर हौले-हौले मुझको बाँहों में छुपाना
सबकी बारातें आईं डोली तू भी लाना—

फिर बिदिंया की सब चाँदनियाँ
और पायल की सब रागिनियाँ
तेरे घर-आँगन में लुटा देगी
दूल्हे राजा तेरी दुल्हनियाँ
पहले तुम खेलना मेरे रूप-रंग से
फिर चुन डालना अंग-अंग की कलियाँ
कोरे तन के फूलों से सेजिया सजाना
फिर हौले-हौले मुझको बाँहों में छुपाना
सबकी बारातें आईं डोली तू भी लाना—

चाहा क्या मैंने सोचा क्या मैंने
क्या-क्या है अरमाँ दिले-नादाँ के

आँखों में तारे नाचे घुँघट यूँ उठाना
फिर मुझको हौले-हौले बाँहों में छुपाना
सबकी बारातें आईं डोली तू भी लाना—

इन आँखों में थी इक रात सजी
हाथों में कभी चूड़ी-सी बजी
पर आँख खुली तो आया नज़र
ना रात सजी ना चूड़ी बजी
मेरा टूटा था दिल उसकी झंकार थी
सारा वो रंग था मेरे ख़ूने-दिल का
ये तो है रोना दिल का काहे का तराना
अब तो किसी को भी अपना के है बुलाना
सबकी बारातें आईं डोली तू भी लाना—

चलो जो भी हुआ वो ख़ूब हुआ
अब हर कोई महबूब हुआ
है सबके लिए ये रात मेरी
अब तो है यही औक़ात मेरी
हँसके भीगी पलक चमकाना है
सूनी बाँहें अदा से लहराना है
ग़म खाके आँसू पी के महफ़िल में जाना
अब तो किसी को भी अपना के है बुलाना
सबकी बारातें आईं डोली तू भी लाना—

इस गीत के कई ओरिजनल वर्ज़न रिकार्ड किए गए। इस रिकार्डिंग और उस रिकार्डिंग में लफ़्ज़ों की ख़ूब हेरा-फेरी की गई है। बक़ौल फ़िरदौस सुल्तानपुरी, 'मजरूह साहब की तबीयत ख़ासी ख़राब होने की वजह से संगीतकार अनु मलिक ने ऐसी ग़लत आज़ादी ली।' फ़िल्म के निर्देशक वैसे मजरूह के पुत्र अन्दलीब हैं।

अय दिल

क्या कहना [2000]

अय दिल
लाया है बहार
अपनों का प्यार
क्या कहना
मिलें हम
छलक उठ्ठा
ख़ुशी का ख़ुमार
क्या कहना
खिले-खिले चेहरों से आज
घर है मेरा गुले-गुलज़ार
क्या कहना—

हम-तुम यूँ ही मिलते रहें
महफ़िल यूँ ही सजती रहे
बस प्यार की यही एक धुन
हर सुब्हो-शाम बजती रहे
गले में महकता रहे
प्यार भरी बाँहों का हार
क्या कहना
खिले-खिले चेहरों से आज
घर है मेरा गुले-गुलज़ार
क्या कहना—

दिल का कोई टुकड़ा कभी
दिल से जुदा होता नहीं
अपना कोई जैसा भी हो
अपना है वो दूजा नहीं
यही वो मिलन है जो
सचमुच है दिल का क़रार
क्या कहना

खिले-खिले चेहरों से आज
घर है मेरा गुले-गुलज़ार
क्या कहना—

कुछ अपने ही तक यूँ नहीं
ये है सवाल सबके लिए
जीना है तो जग में जियो
बन के मिसाल सबके लिए
देखो कैसा महक रहा
प्यार भरी बाँहों का हार
क्या कहना
खिले-खिले चेहरों से आज
घर है मेरा गुले-गुलज़ार
क्या कहना—

जो हो गया सो हो गया
लोगों से तू डरना नहीं
साथी तेरे हैं और भी
दुनिया में तू तनहा नहीं
सामना करेंगे मिलके
चाहे दस हों चाहे हज़ार
क्या कहना
खिले-खिले चेहरों से आज
घर है मेरा गुले-गुलज़ार
क्या कहना—

सुनता है मेरा ख़ुदा

पुकार [2000]

सुनता है मेरा ख़ुदा
दिलो-जान से चाहूँ
तुझको यारा दिलरुबा
ये जिन्दगी तेरे लिए तेरे लिए
और तू मेरे लिए
दिल की सदा है
सुनता है मेरा ख़ुदा—

सजन सुन तू भी इतना
कि तू है मेरा सपना
तू ही तो है मेरी आरज़ू
सनम ये बातें कैसी
कहाँ मेरी क़िस्मत ऐसी
कि बन जाऊँ तेरी आरज़ू
कहो तो मैं तेरे आगे
कमर बीच गजरा बाँधे
डोलूँ नशीली चाल से
अदा हाय ऐसी क़ातिल
सहेगा तो कैसे ये दिल
तरस खाओ मेरे हाल पे
सुनता है मेरा ख़ुदा—

ये गुल-बूटे भी दिल हैं
यहाँ काँटे सब गुल हैं
ये रस्ते हैं अपने प्यार के
कहूँ क्या पर मैं इतना
क़दम देखकर ही रखना
कहीं कोई ठोकर न लगे
जो मिल गए दो दिल ऐसे
जुदा ये फिर होंगे कैसे

हमारी कहानी है यही
मुझे भी अब क्या करना है
तुझी पे जीना-मरना है
कि अब ज़िन्दगानी है यही
सुनता है मेरा ख़ुदा—

न मरते हम तो क्या करते

आपकी आशा (अलबम) [2001]

न मरते हम तो क्या करते
हज़ारों में तुम्हीं तुम हो
मेरे सनम
फिर आगे कुछ नहीं देखा
नज़ारों में तुम्हीं तुम हो
मेरे सनम—

आशिक़ी तो दिल से देखती है
पलक न खोले तो क्या
हुस्न की अदा पुकारती है
जो लब न बोले तो क्या
मजबूर दोनों हैं तुम हो कि
हम सनम—

जाओगे कहाँ उड़ाके ज़ुल्फ़ें
हमारी राहों से तुम
बेल की तरह लिपट रहोगे
हमारी बाँहों से तुम
मजबूर दोनों हैं तुम हो कि
हम सनम—

मजरूह सुल्तानपुरी समग्र

क्रमांक	वर्ष	फ़िल्म	संगीतकार
1.	1946	क़ीमत	नौशाद
2.	1946	शाहजहाँ	नौशाद
3.	1947	डोली	गुलाम महम्मद
4.	1947	मेहंदी	गुलाम हैदर
5.	1947	नाटक	नौशाद
6.	1947	रोमियो एंड जूलियट	हुस्नलाल भगतराम
7.	1948	आग	राम गाँगुली
8.	1948	अंजुमन	बुलो सी रानी
9.	1948	सोना	वसंत देसाई
10.	1949	अंदाज़	नौशाद
11.	1949	दादा	शौकत देहलवी*
12.	1949	नज़ारे	बुलो सी रानी
13.	1949	निस्बत	प. गोविन्द राम
14.	1950	आरज़ू	अनिल बिस्वास
15.	1950	हँसते आँसू	गुलाम महम्मद
16.	1950	सरताज	हुस्नलाल भगतराम
17.	1951	प्यार की बातें	भोला[1] / शर्मा जी[2]
18.	1952	शीशा	गुलाम महम्मद
19.	1953	आकाश	अनिल बिस्वास
20.	1953	बाग़ी	मदन मोहन
21.	1953	बाज़	ओ.पी. नय्यर
22.	1953	दायरा	जमाल सेन
23.	1953	फ़रेब	अनिल बिस्वास

---

* शौकत देहलवी ने ही शौकत हुसैन हैदरी, शौकत अली और नाशाद के नाम से भी संगीत दिया।

1. भोला यानी संगीतकार बुलो सी रानी।

2. शर्मा जी यानी संगीतकार ख़य्याम।

24.	1953	फ़ुटपाथ[1]	ख़य्याम
25.	1953	हमदर्द	अनिल बिस्वास
26.	1953	जालियाँवाला बाग़ की ज्योति[2]	अनिल बिस्वास
27.	1953	शोले	धनीराम/नरेश भट्टाचार्य
28.	1954	आर-पार	ओ.पी. नैयर
29.	1954	चाँदनी चौक	रोशन
30.	1954	दरवाज़ा	नाशाद
31.	1954	धोबी डॉक्टर[3]	ख़य्याम
32.	1954	मंगू	ओ.पी. नैयर/महम्मद शफ़ी
33.	1954	महबूबा	ओ.पी. नैयर/रोशन
34.	1954	समाज	अरुण कुमार मुखर्जी
35.	1954	शमा परवाना	हुस्नलाल भगतराम
36.	1954	वारिस	अनिल बिस्वास
37.	1955	गर्म कोट	अमरनाथ
38.	1955	ख़ानदान	ए.आर. क़ुरैशी
39.	1955	मिस कोका कोला	ओ.पी. नैयर
40.	1955	मिस्टर ऐंड मिसेज़ 55	ओ.पी. नैयर
41.	1955	मुसाफ़िरख़ाना	ओ.पी. नैयर
42.	1955	सबसे बड़ा रुपैया	ओ.पी. नैयर/नाशाद
43.	1955	सौ का नोट	एस. मोहिन्दर
44.	1956	भागमभाग	ओ.पी. नैयर
45.	1956	सीआईडी	ओ.पी. नैयर
46.	1956	एक ही रास्ता	हेमन्त कुमार
47.	1956	हीर	अनिल बिस्वास
48.	1956	हम सब चोर हैं	ओ.पी. नैयर
49.	1956	कर भला	निसार-चिक चॉकलेट
50.	1956	मि. लम्बू	ओ.पी. नैयर
51.	1956	पैसा ही पैसा	अनिल बिस्वास
52.	1956	सैलाब	मुकुल राय
53.	1956	श्रीमती 420	ओ.पी. नैयर

1. 'फ़ुटपाथ' में मजरूह सुल्तानपुरी ने सरदार जाफ़री के साथ जोड़ी बनाकर गीत लिखे। मगर बाद के वर्षों में दोनों ने 'सिर्फ़ मेरा सिर्फ़ मेरा' का दावा पेश किया। संगीतकार ख़य्याम इस मामले में अब भी ज़ुबाँ नहीं खोलते।
2. इस फ़िल्म का एक दूसरा नाम 'जालियाँवाला बाग़' भी है।
3. इस फ़िल्म के सारे गीत मजरूह सुल्तानपुरी ने अपने जोड़ीदार सरदार जाफ़री के साथ लिखे।

54.	1957	अपराधी कौन	सलिल चौधरी
55.	1957	लाल बत्ती	सलिल चौधरी
56.	1957	मिस्टर एक्स	एन. दत्ता
57.	1957	नौ दो ग्यारह	सचिन देव बर्मन
58.	1957	पेइंग गेस्ट	सचिन देव बर्मन
59.	1957	तुमसा नहीं देखा	ओ.पी. नैयर
60.	1958	आख़िरी दाँव	मदन मोहन
61.	1958	चलती का नाम गाड़ी	सचिन देव बर्मन
62.	1958	दिल्ली का ठग	रवि
63.	1958	एक शोला	मदन मोहन
64.	1958	घर संसार	रवि
65.	1958	काला पानी	सचिन देव बर्मन
66.	1958	कभी अँधरा कभी उजाला	ओ.पी. नैयर
67.	1958	लाजवंती	सचिन देव बर्मन
68.	1958	मधुमती	सलिल चौधरी
69.	1958	मुजरिम	ओ.पी. नैयर
70.	1958	नाइट क्लब	मदन मोहन
71.	1958	पुलिस	हेमन्त कुमार
72.	1958	सितारों से आगे	सचिन देव बर्मन
73.	1958	सोलवाँ साल	सचिन देव बर्मन
74.	1958	सोने की चिड़िया	ओ.पी. नैयर
75.	1958	टैक्सी स्टैंड	चित्रगुप्त
76.	1958	तीसरी गली	चित्रगुप्त
77.	1958	ट्वेल्व ओ क्लॉक	ओ.पी. नैयर
78.	1958	ज़िंबो	चित्रगुप्त
79.	1959	अर्धांगनी	वसंत देसाई
80.	1959	डाका	चित्रगुप्त
81.	1959	दिल देके देखो	उषा खन्ना
82.	1959	दो ग़ुंडे	ग़ुलाम महम्मद
83.	1959	जागीर	मदन मोहन
84.	1959	जालसाज़	एन. दत्ता
85.	1959	काली टोपी लाल रूमाल	चित्रगुप्त
86.	1959	कल हमारा है[1]	चित्रगुप्त/गजानन
87.	1959	नई राहें	रवि
88.	1959	पहली रात	रवि

1. इस फ़िल्म का दूसरा नाम 'तीन पत्ते' भी था।

89.	1959	सुजाता	सचिन देव बर्मन
90.	1960	बारात	चित्रगुप्त
91.	1960	बम्बई का बाबू	सचिन देव बर्मन
92.	1960	बेवक़ूफ़	सचिन देव बर्मन
93.	1960	मंज़िल	सचिन देव बर्मन
94.	1960	नाचे नागिन बाजे बीन	चित्रगुप्त
95.	1960	नई माँ	रवि
96.	1960	सरहद	सी. रामचंद्र
97.	1960	तू नहीं और सही	रवि
98.	1961	बँटवारा	एस. मदन
99.	1961	एक लड़की सात लड़के	विनोद/एस. मोहिन्दर
100.	1961	फ़्लैट नं. 8	उषा खन्ना
101.	1961	हम मतवाले नौजवान	चित्रगुप्त
102.	1961	झुमरू	किशोर कुमार
103.	1961	माया	सलिल चौधरी
104.	1961	ऑपेरा हाउज़	चित्रगुप्त
105.	1961	रामू दादा	चित्रगुप्त
106.	1962	आरती	रोशन
107.	1962	आँख मिचौली	चित्रगुप्त
108.	1962	बात एक रात की	सचिन देव बर्मन
109.	1962	बरमा रोड	चित्रगुप्त
110.	1962	चाइना टाउन	रवि
111.	1962	डा. विद्या	सचिन देव बर्मन
112.	1962	ग्यारा हज़ार लड़कियाँ	एन. दत्ता
113.	1962	किंग कांग	चित्रगुप्त
114.	1962	मैं शादी करने चला	चित्रगुप्त
115.	1963	अकेली मत जइयो	मदन मोहन
116.	1963	देखा प्यार तुम्हारा	राम रतन
117.	1963	एक राज़	चित्रगुप्त
118.	1963	काबली ख़ान	चित्रगुप्त
119.	1963	लागी नाहिं छूटे रामा	चित्रगुप्त
120.	1963	फिर वो ही दिल लाया हूँ	ओ.पी.नय्यर
121.	1964	दाल में काला	सी. रामचन्द्र
122.	1964	दोस्ती	लक्ष्मीकांत-प्यारेलाल
123.	1964	गंगा की लहरें	चित्रगुप्त
124.	1964	इशारा	कल्याणजी-आनंदजी
125.	1964	सैमसन	चित्रगुप्त

126.	1964	शबनम	उषा खन्ना
127.	1965	आकाशदीप	चित्रगुप्त
128.	1965	भीगी रात	रोशन
129.	1965	भौजी	चित्रगुप्त
130.	1965	हमार संसार	श्याम शर्मा
131.	1965	मेरे सनम	ओ. पी. नय्यर
132.	1965	मुहब्बत इसको कहते हैं	ख़य्याम
133.	1965	ऊँचे लोग	चित्रगुप्त
134.	1965	तीन देवियाँ	सचिन देव बर्मन
135.	1966	अफ़साना	चित्रगुप्त
136.	1966	दादी माँ	रोशन
137.	1966	दिल्लगी	लक्ष्मीकांत-प्यारेलाल
138.	1966	ममता	रोशन
139.	1966	मेरे लाल	लक्ष्मीकांत-प्यारेलाल
140.	1966	पिकनिक[1]	एस. मोहिन्दर
141.	1966	तीसरी मंज़िल	आर. डी. बर्मन
142.	1967	बहारों के सपने	आर. डी. बर्मन
143.	1967	दुनिया नाचेगी	लक्ष्मीकांत-प्यारेलाल
144.	1967	ज्वेल थीफ़	सचिन देव बर्मन
145.	1967	मेरा भाई मेरा दुश्मन	ख़य्याम
146.	1967	पत्थर के सनम	लक्ष्मीकांत-प्यारेलाल
147.	1967	शागिर्द	लक्ष्मीकांत-प्यारेलाल
148.	1968	अभिलाषा	आर. डी. बर्मन
149.	1968	औलाद	चित्रगुप्त
150.	1968	बहारों की मंज़िल	लक्ष्मीकांत-प्यारेलाल
151.	1968	मेरे हमदम मेरे दोस्त	लक्ष्मीकांत-प्यारेलाल
152.	1968	नादिरशाह	एस. एन. त्रिपाठी
153.	1968	साथी	नौशाद
154.	1969	चिराग़	मदनमोहन
155.	1969	धरती कहे पुकार के	लक्ष्मीकांत-प्यारेलाल
156.	1969	मेरी भाभी	लक्ष्मीकांत-प्यारेलाल
157.	1969	प्रार्थना	हृदयनाथ मंगेशकर
158.	1969	प्यार का मौसम	आर. डी. बर्मन

1. इस फ़िल्म में मजरूह सुल्तानपुरी के लिखे एक गीत 'बिजली गिरी कहाँ से बेगाने हो गए' का फ़िल्मांकन गीतकार आनंद बख़्शी पर हुआ था तो एक गीत 'आँचल को उड़ने दो' की रचयिता उनकी शरीके हयात फ़िरदौस हैं।

159.	1969	प्यासी शाम	लक्ष्मीकांत-प्यारेलाल
160.	1969	तलाश	सचिन देव बर्मन
161.	1969	वापस	लक्ष्मीकांत-प्यारेलाल
162.	1970	अभिनेत्री	लक्ष्मीकांत-प्यारेलाल
163.	1970	दस्तक	मदन मोहन
164.	1970	एहसान	आर. डी. बर्मन
165.	1970	परदेसी	चित्रगुप्त
166.	1970	रातों का राजा	आर. डी. बर्मन
167.	1971	बिखरे मोती	लक्ष्मीकांत-प्यारेलाल
168.	1971	बुड्ढा मिल गया	आर. डी. बर्मन
169.	1971	कारवाँ[1]	आर. डी. बर्मन
170.	1971	जल बिन मछली नृत्य बिन बिजली	लक्ष्मीकांत-प्यारेलाल
171.	1971	मेला	आर. डी. बर्मन
172.	1971	पाकीज़ा	ग़ुलाम महम्मद
173.	1972	दिल का राजा	आर. डी. बर्मन
174.	1972	दो चोर	आर. डी. बर्मन
175.	1972	एक नज़र	लक्ष्मीकांत-प्यारेलाल
176.	1972	गरम मसाला	आर. डी. बर्मन
177.	1972	गोमती के किनारे	आर. डी. बर्मन
178.	1972	कुन्दन	गणेश
179.	1972	मेरे जीवन साथी	आर. डी. बर्मन
180.	1972	परछाइयाँ	आर. डी. बर्मन
181.	1972	राखी और हथकड़ी	आर. डी. बर्मन
182.	1972	रामपुर का लक्ष्मण	आर. डी. बर्मन
183.	1972	रानी मेरा नाम	आर. डी. बर्मन
184.	1972	सा रे गा मा पा	गणेश
185.	1972	समाधि	आर. डी. बर्मन
186.	1972	सवेरा	आर. डी. बर्मन
187.	1972	ताँगेवाला	नौशाद
188.	1973	अभिमान	सचिन देव बर्मन
189.	1973	अनामिका[2]	आर. डी. बर्मन

1. इस फ़िल्म में मजरूह सुल्तानपुरी की सहायक फ़िरदौस जहाँ का नाम है जो शायर की शरीक़े हयात ही हैं।
2. इसमें भी मजरूह सुल्तानपुरी की सहायक फ़िरदौस जहाँ का नाम है जो शायर की शरी$के हयात ही हैं।

190.	1973	अनोखी अदा	लक्ष्मीकांत-प्यारेलाल
191.	1973	बँधे हाथ	आर. डी. बर्मन
192.	1973	बरखा बहार	लक्ष्मीकांत-प्यारेलाल
193.	1973	दो फूल	आर. डी. बर्मन
194.	1973	डबल क्रॉस	आर. डी. बर्मन
195.	1973	एक कुँवारी एक कुँवारा	कल्याणजी-आनंद जी
196.	1973	हिफ़ाज़त	आर. डी. बर्मन
197.	1973	नफ़रत	आर. डी. बर्मन
198.	1973	पाँच दुश्मन	आर. डी. बर्मन
199.	1973	फागुन	सचिन देव बर्मन
200.	1973	यादों की बारात	आर. डी. बर्मन
201.	1974	बेनाम	आर. डी. बर्मन
202.	1974	गूँज	आर. डी. बर्मन
203.	1974	इम्तहान	लक्ष्मीकांत-प्यारेलाल
204.	1974	खोटे सिक्के	आर. डी. बर्मन
205.	1974	कुँवारा बाप	राजेश रोशन
206.	1974	मदहोश[1]	आर. डी. बर्मन
207.	1974	निर्माण	लक्ष्मीकांत-प्यारेलाल
208.	1974	फिर कब मिलोगी	आर. डी. बर्मन
209.	1974	सगीना	सचिन देव बर्मन
210.	1974	शैतान	आर. डी. बर्मन
211.	1974	उजाला ही उजाला	आर. डी. बर्मन
212.	1974	ज़हरीला इंसान	आर. डी. बर्मन
213.	1975	अनाड़ी	लक्ष्मीकांत-प्यारेलाल
214.	1975	धरम करम	आर. डी. बर्मन
215.	1975	काला सोना	आर. डी. बर्मन
216.	1975	कहते हैं मुझको राजा	आर. डी. बर्मन
217.	1975	लव इन बॉम्बे	शंकर-जयकिशन
218.	1975	मेरे सजना	लक्ष्मीकांत-प्यारेलालन
219.	1975	नीलिमा	शंकर-जयकिशन
220.	1976	आज का महात्मा	लक्ष्मीकांत-प्यारेलाल
221.	1976	अर्जुन पंडित	सचिन देव बर्मन
222.	1976	बंडलबाज़	आर. डी. बर्मन
223.	1976	दस नम्बरी	लक्ष्मीकांत-प्यारेलाल
224.	1976	जिनी और जॉनी	राजेश रोशन

1. 'जय-विजय' में मजरूह के दो सहायक हैं। एक उनकी शरीके हयात फ़िरदौस दूसरे एम.एम. खान।

225.	1976	हरफ़नमौला	श्याम जी-घनश्याम जी
226.	1976	नाच उठे संसार	लक्ष्मीकांत-प्यारेलाल
227.	1976	सबसे बड़ा रुपैया	बासु मनोहारी
228.	1976	उधार का सिंदूर	राजेश रोशन
229.	1977	भूमिका	वनराज भाटिया
230.	1977	चाँदी सोना	आर. डी. बर्मन
231.	1977	दूसरा आदमी	राजेश रोशन
232.	1977	हम किसी से कम नहीं	आर. डी. बर्मन
233.	1977	इनकार	राजेश रोशन
234.	1977	जय-विजय1	राजेश रोशन
235.	1977	मस्तान दादा	लक्ष्मीकांत-प्यारेलाल
236.	1977	काली रात	लक्ष्मीकांत-प्यारेलाल
237.	1977	परवरिश	लक्ष्मीकांत-प्यारेलाल
238.	1977	प्रायश्चित्त	लक्ष्मीकांत-प्यारेलाल
239.	1977	टैक्सी टैक्सी	हेमन्त भोंसले
240.	1978	अनपढ़	हेमन्त भोंसले
241.	1978	चोर हो तो ऐसा	आर. डी. बर्मन
242.	1978	एक बाप छह बेटे	राजेश रोशन
243.	1978	हीरालाल पन्नालाल	आर. डी. बर्मन
244.	1978	महफ़िल	शंकर-जयकिशन
245.	1978	फाँसी	लक्ष्मीकांत-प्यारेलाल
246.	1978	सावन के गीत	लक्ष्मीकांत-प्यारेलाल
247.	1979	चम्बल की रानी	नौशाद
248.	1979	जनता हवलदार	राजेश रोशन
249.	1979	नौकर	आर. डी. बर्मन
250.	1979	सलाम मेमसाब	आर. डी. बर्मन
251.	1979	नूरी	ख़य्याम
252.	1980	आँचल	आर. डी. बर्मन
253.	1980	बुलंदी	आर. डी. बर्मन
254.	1980	धन दौलत	आर. डी. बर्मन
255.	1980	जल महल	आर. डी. बर्मन
256.	1980	फिर वही रात	आर. डी. बर्मन
257.	1980	साजन की सहेली	उषा खन्ना
258.	1980	स्वीटी	हेमन्त भोंसले
259.	1981	धुआँ	आर. डी. बर्मन
260.	1981	एक और एक ग्यारह	लक्ष्मीकांत-प्यारेलाल

261.	1981	हथकड़ी	बप्पी लाहिड़ी
262.	1981	जेल यात्रा	आर. डी. बर्मन
263.	1981	कालिया	आर. डी. बर्मन
264.	1981	कच्चे हीरे	आर. डी. बर्मन
265.	1981	ख़ून और पानी	लक्ष्मीकांत-प्यारेलाल
266.	1981	ख़ून का रिश्ता	कल्याण जी-आनंद जी
267.	1981	ख़ुदा क़सम	लक्ष्मीकांत-प्यारेलाल
268.	1981	क़ुदरत	आर. डी. बर्मन
269.	1981	लेडीज़ टेलर	लक्ष्मीकांत-प्यारेलाल
270.	1981	प्यार में सौदा नहीं	अमर उत्पल
271.	1981	सन्नाटा	राजेश रोशन
272.	1981	ज़माने को दिखाना है	आर. डी. बर्मन
273.	1982	धरम काँटा	नौशाद
274.	1982	जानवर	लक्ष्मीकांत-प्यारेलाल
275.	1982	ख़ुद्दार	राजेश रोशन
276.	1982	सवाल	ख़य्याम
277.	1982	श्रीमान श्रीमती	राजेश रोशन
278.	1983	आन और शान	आर. डी. बर्मन
279.	1983	बाबू	राजेश रोशन
280.	1983	बड़े दिलवाला	आर. डी. बर्मन
281.	1983	चुटकी भर सेनुर	चित्रगुप्त
282.	1983	पाखंडी	लक्ष्मीकांत-प्यारेलाल
283.	1983	क़यामत	आर. डी. बर्मन
284.	1983	रिश्ता काग़ज़ का	राजेश रोशन
285.	1983	यहाँ से शहर को देखो	राजू नौशाद
286.	1984	झूटा सच	आर. डी. बर्मन
287.	1984	मंज़िल-मंज़िल	आर. डी. बर्मन
288.	1984	उल्टा-सीधा	राजेश रोशन
289.	1985	एक और सिकंदर	राजेश रोशन
290.	1985	एक डाकू शहर में	राजेश रोशन
291.	1985	मैं क़ातिल हूँ	बासुदेव
292.	1985	मिसाल	अजित बर्मन
293.	1985	राम तेरे कितने नाम	आर. डी. बर्मन
294.	1985	सवेरे वाली गाड़ी	आर. डी. बर्मन
295.	1985	सितमनगर	आर. डी. बर्मन
296.	1985	ज़बरदस्त	आर. डी. बर्मन

297.	1985	ज़माना	उषा खन्ना
298.	1986	वो दिन आएगा	आलोक गांगुली
299.	1987	बे लगाम	आर. डी. बर्मन
300.	1987	इनाम दस हज़ार	आर. डी. बर्मन
301.	1987	वतन के रखवाले	लक्ष्मीकांत-प्यारेलाल
302.	1988	फ़ैसला	आर. डी. बर्मन
303.	1988	घर घर की कहानी	बप्पी लाहिड़ी
304.	1988	जनम-जनम	लक्ष्मीकांत-प्यारेलाल
305.	1988	नेहरू द जुएल इन द क्राउन	सलिल चौधरी
306.	1988	क़यामत से क़यामत तक	आनंद-मिलिंद
307.	1989	लाल दुपट्टा मलमल का	आनंद-मिलिंद
308.	1990	घर हो तो ऐसा	बप्पी लाहिड़ी
309.	1990	न्याय अन्याय	आनन्द-मिलिंद
310.	1990	क़ानून की ज़ंजीर	लक्ष्मीकांत-प्यारेलाल
311.	1990	शिवा	इल्या राजा
312.	1990	तुम मेरे हो	आनन्द-मिलिंद
313.	1990	ज़हरीले	आनन्द-मिलिंद
314.	1991	अनजान रिश्ते	आनन्द-मिलिंद
315.	1991	आई मिलन की रात	आनन्द-मिलिंद
316.	1991	दस्तूर	आनन्द-मिलिंद
317.	1991	दौलत की जंग	आनन्द-मिलिंद
318.	1991	गुनहगार कौन	आर. डी. बर्मन
319.	1991	हाय मेरी जान	बप्पी लाहिड़ी
320.	1991	लव	आनन्द-मिलिंद
321.	1991	स्वर्ग जैसा घर	बप्पी लाहिड़ी
322.	1991	यारा दिलदारा	जतिन-ललित
323.	1992	दिल आशना है	आनन्द-मिलिंद
324.	1992	एक लड़का एक लड़की	आनन्द-मिलिंद
325.	1992	हनीमून	आनन्द-मिलिंद
326.	1992	हमशक्ल	लक्ष्मीकांत-प्यारेलाल
327.	1992	जो जीता वही सिकंदर	जतिन-ललित
328.	1992	रिश्ता हो तो ऐसा	लक्ष्मीकांत-प्यारेलाल
329.	1993	आपातकाल	राजेश रोशन
330.	1993	बड़ी बहन	लक्ष्मीकांत-प्यारेलाल
331.	1993	गुरुदेव	आर. डी. बर्मन
332.	1993	कभी हाँ कभी ना	जतिन-ललित

333.	1993	लुटेरे	आनन्द-मिलिंद
334.	1993	नरगिस	बासु चक्रवर्ती
335.	1994	अंदाज़ अपना-अपना	तुषार भाटिया
336.	1994	लक्ष्य	जतिन ललित
337.	1995	ऐसी भी क्या जल्दी है	गौरी शंकर शर्मा
338.	1995	अकेले हम अकेले तुम	अनु मलिक
339.	1995	बाज़ी	अनु मलिक
340.	1995	गुड्डू	नौशाद
341.	1995	पाण्डव	जतिन-ललित
342.	1996	दरार	अनु मलिक
343.	1996	घातक	अनु मलिक
344.	1996	ख़ामोशी-द म्यूज़िकल	जतिन-ललित
345.	1996	सौतेला भाई	आर. डी. बर्मन
346.	1996	यार मेरी ज़िन्दगी	आर. डी. बर्मन
347.	1997	दिल के झरोखे में	बप्पी लाहिड़ी
348.	1998	दहक	आनन्द-मिलिंद/ आदेश श्रीवास्तव
349.	1998	ढूँढ़ते रह जाओगे	जतिन-ललित
350.	1998	जानम समझा करो (अलबम)	लेज़ली
351.	1998	युग पुरुष	राजेश रोशन
352.	1999	जानम समझा करो	अनु मलिक
353.	1999	कारतूस	नुसरत फतेह अली खाँ/ अनु मलिक/बाली सागू
354.	1999	प्यार कोई खेल नहीं	जतिन ललित
355.	1999	शिकार	आनन्द-मिलिंद
356.	2000	हम तो मुहब्बत करेगा	अनु मलिक
357.	2000	क्या कहना	राजेश रोशन
358.	2000	पुकार	ए. आर. रहमान
359.	2001	मुझे मेरी बीवी से बचाओ	राजेश रोशन
360.	2001	वन टू का फ़ोर	ए. आर. रहमान
361.	2002	दिल विल प्यार व्यार	आर. डी. बर्मन[1]
362.	2002	धुआँ धुआँ हो रहा है समाँ (अलबम)	अनु मलिक
363.	2003	आपकी आशा (अलबम)	आशा भोंसले

---

1. आर. डी. बर्मन के पुरानी धुनों को बबलू चक्रवर्ती ने री क्रिएट किया है।

364.	2004	एक से बढ़के एक	आनंद राज आनंद
365.	2004	मेरी बीवी का जवाब नहीं	लक्ष्मीकांत-प्यारेलाल

अप्रदर्शित फ़िल्में

366.		माँ	चित्रगुप्त
367.		बिन बाप का बेटा	बासु मनोहारी

(सहयोग : हरीश रघुवंशी)

❂❂❂